JN125524

透明な螺旋（らせん）

東野圭吾

文藝春秋

透明な螺旋

アートワーク　矢部弘幸
(SPACE SPARROWS)

装丁　番　洋樹

プロローグ

戦争が終わって丸三年が過ぎた頃、秋田県にある小さな村で、一人の女児が生まれた。彼女には兄がいて、弟が二人、妹も一人いた。農業を営む家は裕福とはいえなかったが、大きな病気にもかからず元気に育った。

同級生の中には中学卒業後に集団就職させられる者もいたが、彼女は地元の高校に通わせてもらえた。それでも高校を卒業すると、自分から進んで千葉の紡績工場に就職した。家計を助けるため、というのは表向きの理由で、貧乏な田舎暮らしから抜け出したかったのだ。東京オリンピックを経て、首都圏は華やかさに溢れているように思えた。

残念ながら工場があった場所は郊外で、隣接する女子寮も周りを畑や田んぼに囲まれていたが、休みの日には仲間たちと小一時間をかけて東京に出た。故郷にはない賑やかな街をミニスカートで闊歩するだけで心が浮き立った。

毎日が楽しく、あっという間に月日が流れた。故郷にはめったに帰らなかった。初めの頃は正月やお盆に帰省したが、退屈なだけだったのだ。きょうだいたちから露骨に金をせびられることにもうんざりした。次第に、あれやこれやと理由をつけて帰らなくなった。

そんなふうにして二年ほどが経ち、都会生活にも慣れた。いろいろな遊びも覚えた。二十歳を過ぎたので、お酒も飲める。

ある日曜日のことだった。銀座の少し外れにある洋品店のショーウインドウを一人で眺めていたら、不意に後ろから黒い影が近づいてきた。彼女が振り返ろうとした瞬間、左脇に抱えていたハンドバッグを奪われた。あっと声を発した時には遅かった。ジャンパー姿の男が駆けだしていた。ひったくりだ。

ドロボーっと叫びながら男を追いかけたが、ハイヒールでは満足に走れない。周りにいる人々も、何が起きたのかわからない様子だった。

呆然と立ち尽くした後、力なくしゃがみこんだ。どうしたらいいかわからず、頭の中が真っ白になった。ハンドバッグには財布を入れていた。このままでは帰ることもできない。

すると目の前に影が落ち、黒い革靴が現れた。見上げると、派手なオープンシャツを着た男性が立っていた。若いが彼女よりは年上のようだ。

「これ、おねえさんのかい?」

彼が差し出したものを見て息を呑んだ。たった今ひったくられたバッグにほかならなかった。あわてて立ち上がり、受け取った。開けたところ、財布も無事のようだ。

「あのおっさんは逃がした。おまわりに突き出したところで、面倒臭いだけだからさ。それが戻ってきたんだから、おねえさんもいいだろ?」

「あ……追いかけて、捕まえてくださったんですか?」

「そうじゃなくて、俺が歩いてたら、あのおっさんが道の反対側から走ってきたんだ。女物のバッグなんて持ってるから、ははあ、ひったくりだなとぴんときた。それで足を引っかけてやったんだ。おっさん、見事に転んで、はずみでバッグを落としやがった。だけど拾い直す余裕がなかったらしく、そのまま逃げた。それで俺がバッグを拾って、持ち主は誰だろうと思ってここまで歩いてきたら、おねえさんが座り込んでたってわけさ」

「ありがとうございます。助かりました」彼女は深々と頭を下げた。

「用心したほうがいいぜ。自転車や単車を使ってひったくる奴もいるからさ」そういうと男性は歩きだしかけたが、そばに煙草屋があるのを見て、店に近づいていった。ハイライト、といっているのが聞こえた。

彼女はバッグから財布を出しながら駆け寄った。「あの……私が払います」

「えっ、なんで?」男性は驚いた顔をした。

「お礼です。お礼をさせてください」

「いいよ、そんなのは」

「いえ、人に助けてもらったら、必ずお礼をしろって親からいわれました」彼女は店のおばさんを見た。「ハイライトっていくらですか」

七十円、と店のおばさんが答えるのを聞き、はっとした。お礼にしては安すぎるか。

ははは、と男性は笑った。

「わかった。じゃあ、遠慮なくいただいとくよ」

顔が赤くなるのを自覚しながら彼女は代金を払った。

「だったら、次は俺が奢るよ。これからコーヒーでもどう？」ハイライトの箱をオープンシャツの胸ポケットにしまいながら男性はいった。

「そんな……悪いです。コーヒーのほうが高いし」

「平気平気。コーヒーの原価なんて七十円もしない」

「原価？」

「ついてくればわかる」

連れていかれた場所は、小さなビルの三階にあるバーだった。店は閉まっていたが、彼が入り口の鍵をあけた。カウンターがあり、壁際に四つのテーブルが並んでいた。

男性はカウンターの向こうに回り、コーヒーを入れる準備を始めた。酒を飲まない客のためにコーヒーを出すこともある、と彼はいった。

男性は矢野弘司と名乗った。この店でバーテンとして働いているらしい。今日は日曜日なので店は休みだといった。

彼女も自己紹介をした。

「出身はどこ？　東北みたいだけど」弘司が尋ねてきた。

「秋田ですけど……やっぱりわかります？」

上京して二年以上が経ち、訛りは直したつもりだが、指摘されることは多かった。

「気にすることはない。愛嬌があっていいよ。俺も田舎の出だ」

弘司は長野県の出身だった。集団就職で上京してきたが、働いていた工場が潰れたので、知り合いの紹介でこの店で働くようになったということだった。バーテンだけでなく、店の掃除や開店準備など、下働きの一切をしているといった。

その後、趣味や娯楽などいろいろなことを話した。職場以外で、男性とこんなに長く話すのは初めてだった。いや職場でも、必要最小限の会話しかしない。どちらかというと苦手なのだ。ところが弘司が相手だと、気持ちが落ち着いているのが自分でもわかった。そのくせなぜか身体は火照っている。奇妙な感覚だった。

もっと一緒にいたかったが、夜までには寮に戻らねばならない。彼女が立ち去る意思を示すと、「よかったら、また会わないか」と弘司がいった。

「私はいいですけど……」

「次の日曜日は？　また東京に出てくる？」

「はい。たぶん……」

「じゃあ、正午にこの店で会うってことでどう？」

「はい、それでいいです」

「決まりだな。何かあったら、電話して」弘司はマッチを彼女の前に置いた。店の電話番号が印刷されていた。

それ以来、毎週日曜日になると店で会うようになった。その後で食事をしたり、映画を観に行くこともあった。別れる時には寂しかった。上野から電車で帰る時には、よく小声で、「わーすれられないの、あの人が好きよー」と歌った。去年大ヒットしたピンキーとキラーズの『恋の季節』だ。

そんなふうに交際が始まって三か月ほどが経った頃、初めて弘司のアパートを訪れた。小さな流し台が付いているだけの六畳一間で、一組の布団を敷いたら、畳は殆ど見えなくなった。その布団の上で二人は結ばれた。もちろん彼女は初体験だった。

その後は日曜日に店で会うのではなく、土曜日の夜に彼女が部屋を訪ねるようになった。仕事が終わると駅に向かい、東京行きの列車に乗るのだ。時には簡単な料理を作ってあげたりもした。食器を揃え、彼女用の洗面具や着替えも置いた。

やがて身体の異変に気づいた。ずいぶんと長い間、生理が来ないのだ。元々不順なほうだったからあまり気に留めていなかったが、ひと月以上来ないとさすがに気になる。病院に行ってみたら、おめでたですね、といわれた。すでに三か月に入っているという。

ぴんとこなかった。自分の身に起きたことだと思えない。迷いつつ弘司に話したところ、彼は笑いだした。

「そうか。やっぱりできちまったかあ。そりゃそうかもな。毎週毎週、あんなにやりまくってるもんなあ。外に出してりゃいいってもんじゃないって、よくいわれるし」

「どうしよう」

「どうしようって、どうするもこうするもねえだろ。そっちは仕事を辞めるしかないから、俺が二人分がんばるしかない。いや、赤ん坊が生まれたら三人分か。厳しいけど、やるしかねえよ」

「それって、どういうこと？　私、仕事を辞めた後、どうすればいいの？」

「ここに来りゃいい。一緒になろう。狭いけど、しばらく我慢してくれ。稼ぎが増えたら、広いところに引っ越そう」

弘司の言葉を聞き、心を覆っていた靄が一気に消えるのを感じた。彼はこの事態を歓迎してくれているのだ。それどころか、これを機に結婚しようといってくれたのだ。

彼女は彼の首に抱きついていた。

問題が一つだけあった。彼女は弘司のことを両親に話していなかった。結婚もしていないのに子供ができたなどといえば、父も母も激怒するに違いなかった。しかも田舎者なので、水商売に対して強い偏見を持っている。両親は都会に出ていった娘が職場で結婚相手を見つけることを望んでいた。

二人で話し合い、子供が生まれたら挨拶に行こう、と決めた。赤ん坊の顔を見れば、きっと両親も許してくれるだろうと思ったのだ。

翌月、会社に退職届を出した。女子寮を引き払い、弘司の部屋に移り住んだ。荷物を極力減らしたのはいうまでもない。

弘司はバーテンのほかに新聞配達のバイトを始めた。夜中まで働いた後、そのまま販売店に行くのだ。帰ってくるのは朝の七時頃で、それから眠り、昼過ぎに起きる。そんなパターンだった。体力があり、アルコールに強いからできることだった。家族のためにがんばらなきゃなあ、というのが弘司の口癖になった。

彼女は生まれてくる子供のために人形を作り始めた。男か女かわからなかったので、ブルーとピンクの縞柄（しまがら）のセーターを着せることにした。髪は長めにした。グループサウンズの影響で、近頃は男性だって長髪が流行（はや）りだ。

裕福ではなかったが、幸せだった。悪いことなど何ひとつ予想しなかった。

そしていよいよ出産を来月に控えたある金曜日の朝、電話ですよ、といってアパートの管理人がドアを叩いた。

電話をかけてきたのは新聞の販売店主だった。配達中に弘司が倒れたというのだ。

急いで病院に駆けつけた。だが病室で寝かされた弘司を見て、気を失いそうになった。顔に白い布が掛けられていた。

脳出血だった。原因は不明だが、おそらく過労によるものだろうと医師からいわれた。

三日三晩、泣き続けた。涙が涸れ果てた後には、深い虚脱感に襲われた。何をする気にもなれず、布団の中で過ごした。

そんな中、突然産気づいた。予定より一か月近くも早かった。這うようにして管理人室まで行くと、驚いた管理人が救急車を呼んでくれた。

二三〇〇グラム、女の子だった。小さな身体を抱きながら、歓びと戸惑いを感じていた。明日からどうやって生きていけばいいのだろう――。

貯金など、ろくになかった。来月の家賃を払える見込みもない。赤ん坊がいたのでは、働くこともできない。

どうすればいいかわからず、出生届を出さないままに時間が過ぎた。実家の両親に頼るわけにもいかない。激怒されるだけだ。

ある日、部屋で貧血を起こし意識を失った。ろくに食事を摂っていなかった上に、栄養を母乳に奪われていたからだろう。室内だったからよかったが、外だったら事故に遭っていたかもしれない。赤ん坊を抱いている時にそんなことになったとしたらと考えたら、ぞっとした。
もう無理だ——すやすやと眠る赤ん坊を眺め、彼女は決心した。自分には育てられない。この子のためにも、誰かの手に委ねたほうがいい。このままだと母子で共倒れだ。

ひとつだけ心当たりがあった。働いていた紡績工場の近くに児童養護施設があるのだ。どのように運営されているのかは全く知らなかったが、そこの子供たちが工場へ社会見学に来た時のことを覚えていた。子供たちは明るく、元気そうに見えた。あそこならしっかりと育ててくれるのでは、と思った。

秋に入り、少し肌寒い日に出かけた。赤ん坊を抱え、籠(かご)を提(さ)げていた。籠には着替えや毛布、そして手作りの人形を入れてある。

列車とバスを乗り継ぎ、目的地の近くに着くと、少し離れたところにある公園で夜が来るのを待った。菓子パンを食べ、赤ん坊に母乳を与えた。これが最後の授乳かと思うと涙が止まらなかった。

気づくとすっかり暗くなっていた。彼女は行動を開始した。赤ん坊をタオルに包み、籠に入れた。上から毛布をかける前に人形を並べた。人形の服を脱がせれば、背中にマジックで文字が書いてあることに気づくはずだ。赤ん坊に付ける予定だった名前だ。読み方によって、男の子でも女の子でも通用する。弘司と二人で考えた。

施設に着くと小さな門の前に立ち、その先に目を向けた。四角い建物が何棟か並んでいて、窓に明かりが点っている。

　周囲を見回したが、人気はない。やるなら早くやったほうがいい。こんなところで佇んでいるところを誰かに見られたら、何もかも台無しだ。

　門に近づき、提げていた籠を地面に置いた。もう二度と見ないでおこうと決めていたが、やはり耐えきれず、掛けてあった小さな毛布をめくった。

　白くて丸い顔が月明かりに照らされた。瞼を閉じ、寝息をたてている。

　指先で頬に触れた。この感触を忘れることは生涯ないだろうと思った。

　再び涙が溢れそうになるのを堪え、毛布をかけた。今夜は雨は降らないはずだ。朝陽の下で施設の人に発見してもらえたら、と願った。

　立ち上がって歩きだした。振り返ってはいけないと自分にいい聞かせた。今にも背後から泣き声が聞こえてくるような気がして、息苦しくなった。

　どこをどんなふうに歩いたのか、自分でもわからなかった。気づくと電車に乗っていた。車窓から暗い外を眺め、何のために東京に向かっているのだろうと思った。

1

ほかの通勤客に混じって綾瀬(あやせ)駅を出ると、島内園香(しまうちそのか)はバス停に向かう前に焼き鳥店に寄った。今夜は園香が夕食担当なのだが、焼き鳥をテイクアウトすることは昨日から母の千鶴子(ちづこ)に宣言してある。千鶴子は、「またその手抜き作戦?」と冷やかすようなことをいったが、彼女も好物なので文句はないはずだった。

店の前に立ち、メニューを見上げて顔をしかめた。ウズラの卵が売り切れだ。どうしようか、と迷った。馴染(なじ)みの店はもう一店あるが、ここからだと少し遠い。

園香はスマートフォンを取り出し、千鶴子に電話をかけた。母娘(おやこ)揃ってウズラの卵には目がないのだ。簡単に諦(あきら)めて、後で責められたくない。

だが電話は繋がらなかった。今日、千鶴子は早番だといっていた。ふつうならすでに帰っているはずだ。

トイレかもしれないと思い、一分だけ待ち、もう一度かけた。しかしやはり繋がらない。

もういいや——この店で買うことにした。ウズラの卵なんて、いつでも食べられる。

七種類の焼き鳥を二本ずつ買い、バスに乗り込んだ。提げた紙袋から匂いが漏れているが、気にしてはいられない。

揺れる車体に身を委ねながら、すっかり日の落ちた町並みを眺めた。ガソリンスタンド、大型家電量販店、カーディーラー、それらの隙間を埋めるように小さな商店や民家、得体の知れない事務所などが建ち並んでいる。もはや見慣れた光景だ。この町に引っ越してきて、間もなく四年になる。あっという間だった。千鶴子と一緒だったので、心細さや不安などまるでなかった。住む場所が変わっても、母娘での二人暮らしは楽しいままだ。たまに口喧嘩はするが、本当にいがみ合ったことなど一度もない。

園香が幼かった頃、千鶴子が勤務していた施設には、片親どころか両親のいない子供たちがたくさんいた。だから自分が特別だとは感じなかった。ぼんやりと、父親は死んだのだろうと思っていた。

だが小学生になってしばらくすると、あれこれと考え始めた。周りの友達の多くは両親が揃っている。自分の父親とはどういう人だったのか、知りたくなった。

千鶴子はごまかさなかった。

「園香のお父さんは、昔ママが働いていた会社の人。でもいろいろとわけがあってね、結婚はできなかった。だけどママはどうしても子供がほしかったから、その人の赤ちゃんを産んだの。それが園香」

最初の説明はそれだけだったが、その後も何度か話を聞くうちに、園香にも事情がのみ込めてきた。要するに相手の男性には家庭があったのだ。妊娠が判明した際、男性は出産には賛成せず、もし産んでも認知できないといったらしい。そこで千鶴子が選んだのは、ひとりで子供を育てるという道だった。相手の男性とは別れた。出産した後も、連絡しなかった。だから園香は父親とは一度も会っていない。

それらのことを知っても、特にショックを受けなかった。むしろ父親に対する関心は薄らいでいった。どんな人だったのかと千鶴子に訊いたら、「優しくて、とてもいい人だった」という答えが返ってきた。それで十分だった。

久しぶりに思い出に浸(ひた)っているうちに、バスは目的の停留所に着いた。園香は焼き鳥の入った紙袋を提げ、歩道に降り立った。

しばらく歩くと道路の左側に二階建ての木造アパートが現れた。『いるかハイツ』という名称がかわいいと母娘で意見を一致させ、入居を決めた。それぞれの階には四部屋ずつあり、二階へは外階段を使って上がる。二階の右端にある部屋が、園香と千鶴子の小さな城だった。

外階段を上がり、バッグから鍵を出しながら部屋に近づいた。ドアの隙間から光が漏れている。やはり千鶴子は帰っているようだ。

鍵をあけ、ドアを引いた。ただいま、と呼びかける。

ところがいつもならすぐに返ってくる、お帰り、の声がない。園香はドアを閉めながら首を傾げ、靴を脱いだ。千鶴子の履き物はあるから、出かけてはいないはずだ。

室内を見渡したが、千鶴子の姿はなかった。だが彼女が通勤時に使うトートバッグは、卓袱台の横にある。

部屋に上がると洗面所の引き戸が開いていた。奥は風呂場だ。明かりがついていて、ドアが開いたままになっている。水の流れる音がかすかに聞こえてくる。

「ママ?」

園香は洗面所に入り、風呂場を覗いて息を呑んだ。千鶴子が床に倒れていた。入浴中ではなく、服を着ていた。

「ママッ」大声で呼び、身体を揺すった。だが反応はない。その顔は蠟のように白く、瞼を閉じている。

救急車……救急車を呼ばなきゃ——洗面所から出て、スマートフォンをバッグから出した。しかし救急車を呼ぶには何番に電話をかければいいのか、咄嗟には思い出せなかった。

千鶴子が搬送された病院で息を引き取ったのは、それから約三時間後のことだった。クモ膜下出血だった。手術を担当した医師から深刻な結果を知らされた瞬間、園香は目眩がし、立っていられなくなった。

園香たちには親戚と呼べる者はいなかったが、千鶴子が心から信頼し、慕っている女性がいた。園香が子供の頃、休日になると千鶴子に連れられ、その人の家へ遊びに行った。白い一軒家で、その人は独り暮らしをしていた。子供はおらず、旦那さんも亡くなったということだった。

その女性を園香はナエさんと呼んでいた。後にフルネームを知るのだが、園香はナエさんとしか呼んだことがない。ナエさんは千鶴子より二回り近くも年上だった。二人は千鶴子が働いていた施設で出会ったらしい。

園香たちが行くと、ナエさんは喜んで迎えてくれた。玩具や洋服といったプレゼントを用意して待っていることもあった。千鶴子はナエさんの前ではリラックスしている様子で、本当の娘のように見えた。ナエさんはいつも手料理を振る舞ってくれたが、決して千鶴子には手伝わせなかった。休日ぐらいは身体を休めなさい、といった。

園香が成長するにつれ、母娘で遊びに行く機会は減っていったが、千鶴子は定期的に会っていたようだ。帰宅すると美味しそうなお菓子がテーブルに置いてあり、千鶴子に訊いてみると、ナエさんからのお土産、という答えがよく返ってきた。

千鶴子の急逝で動転した園香が頼れるのはナエさんだけだった。電話をかけると、彼女は絶句した後、今すぐに行くといった。その口調は平坦で感情が伝わってこなかった。

だが間もなく病院に現れたナエさんは、目を泣き腫らしていて、憔悴しきった気配を全身に漂わせていた。病室で千鶴子の亡骸と対面すると、嗚咽を漏らし、涙を流した。

しかしひとしきり悲しみに浸った後のナエさんは、やはり頼もしかった。今後のことをどうすればいいかわからない園香に代わり、てきぱきと葬儀の段取りを整え、ひとりでは心細いだろうからと、夜はアパートに泊まりにきてくれた。おかげでその二日後には、無事に一日葬を終えられた。

遺骨をアパートに持ち帰った後、出前の寿司を取り、ナエさんと一緒に食べた。

「あたし、これからどうしたらいいんだろう……」園香は箸を止め、室内を見回した。

するとナエさんが優しく微笑みかけてきた。

「何も心配しなくていい。困ったことがあれば私に話してちょうだい。千鶴子ちゃんも、いろいろなことを私に相談してくれたわ。園香ちゃんのことなんかも」

ありがとう、と園香は礼をいった。実際、千鶴子が娘の進路について相談していたことは知っている。園香が大学に進まず、働きながらデザインの専門学校に通うことになったのも、女の子は特技を身につけたほうが仕事を得られやすい、というナエさんのアドバイスがあったからだ。

「何かの足しにしてちょうだい。気分転換に友達と旅行してもいいし」

ナエさんは帰り際に、そういって封筒を差し出した。お金だとすぐにわかった。園香は一旦辞退したが、結局受け取った。ナエさんが帰ってから中を見ると十万円が入っていた。ありがたかった。もちろん旅行などに使う気はない。これから大変なことは十分にわかっていた。

将来のことを考えると気持ちが暗くなった。千鶴子は、経済的にもそうだが、精神的にも園香を支えてくれる大きな柱であり、あらゆる試練から守ってくれる壁であり屋根だった。まだ五十歳にもなっていなかった。これから先もまだまだ元気で、自分にとって頼りになる存在だと思っていた。

現在園香が働いている上野の生花店を見つけてきたのも千鶴子だ。無事に採用が決まると、千鶴子は引っ越すといいだした。その頃、二人は千葉に住んでいた。昼間は生花店で働き、夜に専門学校に行くとなれば、通うのは難しいからだ。千鶴子は、転職を考えていたのでちょうどいい機会だ、ともいった。聞けば、すでに給食センターで働くことが決まっているらしい。おそらく千鶴子は、園香の将来を考え、以前から周到に準備を進めていたのだろう。女手一つで娘を立派に育ててみせるという覚悟、そして母親としての愛情を、その時園香は改めて痛感した。

千鶴子が亡くなった日から、一人きりの心細い生活が始まった。経済的にも楽ではない。だからといって、いつまでもナエさんに甘えているわけにはいかなかった。所詮、彼女は赤の他てくれている。


人なのだ。園香に対して何らかの責任を負っているわけではない。千鶴子とは強い絆で結ばれていたかもしれないが、自分とはそれほどでもない、と園香は冷静に分析していた。

そんなある日、生花店で店長に呼ばれた。店長は青山という女性で、園香のことを気に掛けてくれている。

青山店長は、スーツ姿の男性客と一緒にいた。三十歳過ぎだろうか。

「こちらのお客様が、お仕事の関係で花を探しておられるそうなの。詳しくお話を伺ってみたら、園香ちゃんならお手伝いできるんじゃないかと思って」

「どういうことですか?」

「曲のイメージに合った花をアレンジしてほしいんですって」

「曲? どんな曲ですか」

園香が訊くと、男性客がスマートフォンを取り出し、指先で操作した。間もなく音楽が流れてきた。クラシック音楽を電子音だけで表現したような曲だった。

「ほかに七曲あって、それぞれに合った花がほしいんです。だから八種類のパターンが必要です。できれば二、三日で作っていただきたいんですが」

「わあ、大変そう」思わずそういったが、すぐに続けた。「でも、面白そう……」

「頼んでいい?」

青山店長に訊かれ、やってみます、と答えていた。

男性客は名刺を出し、自己紹介をした。上辻亮太（うえつじりょうた）という名前で、映像関係の仕事をしているといった。

早速二人で曲を聞き、打ち合わせをした。すべての曲を一通り聞いた後、ネイティブフラワーを中心に揃えてみることを園香は提案した。

「ネイティブフラワー？　どういう花ですか」

上辻の質問に園香は首を振った。

「そういう名前の花はありません。特定の土地特有の花をそう呼んでいます。オーストラリアや南アフリカ原産のものが多くて、独特の個性を持っています」

園香は、その日店にあったリューカデンドロンやバーゼリア、シルバーブローニアといった花を上辻に見せた。

「これはいいっ」彼は目を輝かせた。「こういうのを組み合わせるわけですね」

「ネイティブフラワーには、花びらの質感が全く対照的なものがあったりします。バラエティを豊かにできると思うんですけど」

「すばらしい。君に任せます。よろしくお願いします」

はい、と園香は答えた。千鶴子の死以来、初めて気力が湧いた気がした。

事実、この仕事をしている間は楽しく、時間を忘れた。上辻によれば何らかの映像作品の中で使用されるらしい。不特定多数の人に見られるのかと思うと緊張するが、やりがいがあった。

三日後、八種類のアレンジメントを見た上辻は両手でガッツポーズを作った。

「こういうものを探していたんです。常識や概念にとらわれず、直感に従ったものがほしかった。花の美しさだけでなく、生命力、同時に命のはかなさも感じられる。完璧です」

絶賛の言葉に園香は照れ臭くなった。自分としては、そこまでの自信はなかった。合格点をもらえればいいと思っていた。しかし褒められて悪い気がするわけがなく、その思いは上辻に対する気持ちにも影響を与えた。そもそも、第一印象からして悪くなかった。身なりはしっかりしているし、顔立ちも整っている。しかも話術が巧みで、言葉の一つ一つに説得力があった。いい人だな、と思っていた。だから仕事を手伝ってもらったお礼がしたいので近々食事でもどうですかと誘われた際には、形だけの辞退さえも忘れ、あっさりと快諾(かいだく)していた。

後日に連れていかれたのは日本橋にある、洒落(しゃれ)たフレンチレストランだった。そんな高級店には足を踏み入れたことさえなかったので緊張したが、上辻は慣れた様子で店の人間とやりとりし、メニューを決めてくれた。

生まれて初めて食べる本格的なフランス料理は、どれもこれもが美味しく、園香は夢見心地になった。ワインをほんの少し飲んだだけなのに、途中から身体がふわふわした。

上辻の話術も相変わらず巧みだった。難しい話を始めたかと思うと意外なほど身近なところに関連づけたり、単なる雑談が将来的なビジネスの話に繋がっていったりと、園香を飽きさせなかった。

「また会ってもらえると嬉しいんだけどな」

別れ際にこういわれ、断る言葉など思いつかなかった。

上辻亮太との交際は、こうして始まった。千鶴子がいなくなり、心細かった時期だけに、この出会いは園香の心の隙間を埋める格好のピースとなった。仕事のやり方、人との付き合い方――園香は上辻に様々なことを相談した。上辻の回答は常に自信に満ち溢れていて、迷いを感じさせなかった。園香はそれを社会経験の豊富さによるものと解釈し、頼もしく思った。

初めて上辻を部屋に招いたのは、交際が始まって一か月が経った頃だ。その前週、二人は都内のホテルで結ばれていた。その時にベッドの中で、「君の部屋に行ってみたいな」と上辻にいわれたのだった。

古いアパートの一室を見せるのは恥ずかしかったが、いつかは知ってもらわねばならないことだと自分にいい聞かせた。

粗末なダイニングチェアに腰掛けた上辻は室内をぐるりと見渡し、いい部屋だ、と呟いた。

「奇麗に片付いているね。それに思ったより広い」

「母と二人で暮らしてたから」

築四十年、といって園香は舌を出し、肩をすくめた。

「失礼を承知で訊くんだけど、家賃はいくら？」

「五万八千円で管理費が二千円」

「六万円か。払えてる？」

「今のところは」

　すると上辻は考え込む顔になって黙り、やがておもむろに財布を出してきた。そして三万円をテーブルに置いた。「じゃあ、カンパだ」

　園香は驚き、首を横に振った。「いいよ、そんなの」

「受け取ってくれよ。それに俺もまたこの部屋に来たいし」

「そりゃあ、いつ来てくれてもいいけど……」

「だったら受け取ってくれないと困る。受け取ってくれたら、遠慮せずにいつでも来られるからさ」

「遠慮なんてしなくていいのに」

「そんなわけにはいかない。お客さん扱いされたくないんだよ」

　こんなふうにいわれ、受け取らざるをえなくなった。じゃあ、といって園香は三万円に手を伸ばした。

　この夜は園香が手料理を振る舞った。大したメニューではなかったし、味に自信があるわけでもなかったが、美味しい美味しいといって上辻は食べてくれた。そしてその後、少し冷たい布団の中で身体を合わせた。

「ベッドを買おう」園香に腕枕をした体勢で上辻がいった。「そうすれば布団を押し入れにしまわなくて済む」

「いくらぐらいするのかな」

「俺が買うから気にしなくていい。ところでこの人形は何？」

上辻は枕元に置いてあった人形を手に取った。手作りの古い人形だ。ブルーとピンクの縞柄のセーターを着ているが、かなり色落ちしている。

「母の形見」園香は短く答えた。

「いつも一緒に寝てるの？」

「寝る時はそばに置いてる」

「そうか。ベッドを買ったら、棚に移動してもらおう」上辻は人形を元の位置に戻した。

翌朝、二人で部屋を出た。その時、園香は上辻に部屋の合鍵を渡した。

それ以後、上辻はしばしば部屋を訪れるようになった。その頻度は徐々に増え、園香が帰宅すると彼がベッドで横になっている、ということも珍しくなくなった。来れば必ず泊まっていく。翌日の出勤に備え、下着や靴下の替えだけでなく、スーツなども置いておくようになった。

「いっそのこと、部屋を引き払って、こっちに来ようかな」二人で夕食を摂っている時、上辻がいった。「向こうの部屋は、ただ寝に帰ってるだけだもんなあ」

上辻が借りている部屋は六畳ほどのワンルームだ。園香は一度だけ行ったことがある。洒落た部屋だが、ゆっくりと座るスペースもなかった。

「いいの？　こんなボロい部屋で」

「もう慣れたよ。住めば都だ」上辻は笑った。「じゃあ、決まりだ」

うん、と園香は頷いた。

一週間後、上辻が引っ越してきた。その荷物の少なさに驚いた。無駄なものは持たない主義なんだ、と彼はいった。

こうして同居生活が始まった。朝、目が覚めたら恋人がいるという生活は、新鮮で刺激的だった。さほど得意でもない料理を美味しいといって食べてもらえたら嬉しかった。

2

所轄の警察署が用意してくれていたのはパトカーではなく、セダンタイプの白い乗用車だった。後部座席に乗り込みながら草薙は安堵した。幹線道路の路肩ならともかく、住宅地に長時間パトカーを止めていたら、好奇心を刺激された近くの住民に画像付きでＳＮＳに書き込まれかねない。

「そのアパートまでは、どれぐらいかかりそうかな」草薙は運転席の刑事に訊いた。生活安全課の所属で横山という巡査長だ。年齢は三十を少し過ぎたところだろうか。

「十分少々だと思います。三キロ弱ですから」

「割と近いんだな。じゃあ、よろしく」

はい、と頷いてから横山はエンジンをかけた。

草薙の隣では内海薫がスマートフォンを操作している。画面には地図が表示されていた。付近の地理を把握しようとしているらしい。

「現地の最寄り駅はどこだ？」草薙は横から訊いた。

内海薫はわずかに首を傾げ、強いていえば、といった。

「東京メトロ千代田線の北綾瀬駅、あるいは、つくばエクスプレスの六町駅でしょうか。あくまでも強いていえば、ですけど」

「その言い方からすると、どちらも遠いのか」

「徒歩だと三十分ぐらいはかかると思います」

「それじゃあ最寄り駅とはいえないな。住人の足は何だろう？」

「マイカーがなければ、たぶんバスでしょう」横山がいった。「東武バスで綾瀬駅まで出るのが一般的だと思います。そうでなければ自転車ですね」

「なるほど」

不便だが健康にはいいかもな、と草薙は本気で思った。若い頃に比べ、身体を動かすことが少なくなった。係長に昇格したら重圧のせいで痩せるかと思ったが、ズボンのウエストは年々きつくなる一方だ。なかなか貫禄が出てきたじゃないか、と上役からいわれることが増えたが、ちっとも嬉しくない。

三人を乗せた車は幹線道路を少し走った後、左に折れた。片側一車線の道路が緩やかな曲線を描きながら北に伸びている。道路の両脇に並ぶのは、民家や工場、ホームセンターなど様々だ。

小学校を過ぎたあたりで横山はブレーキを踏み、道路脇に車を寄せて止めた。

「このアパートです」左側を見て横山がいった。

草薙は窓から外を見た。二階建ての木造アパートだった。壁に記された『いるかハイツ』の文字が消えかかっている。それぞれの階には四部屋ずつあり、二階の右端に制服警官が立っていた。問題の部屋は、あそこらしい。

横山がエンジンを切るのを待って、草薙は車から降りた。

アパートに近づきながら周囲を見回した。住宅が多いが、すぐ右隣には居酒屋の看板を掲げた店があった。看板によれば、カラオケも楽しめるらしい。防音設備は整っているのだろうか。店から酔客の歌声が漏れてきたりしたら、近所とトラブルになりそうだ。

横山に案内され、草薙は内海薫と共にアパートの外階段を上がった。横山が見張り役の警官に声をかけると、警官はドアの鍵をあけた。

「どうぞ」

横山に促され、草薙は手袋を嵌めながらドアに近づいた。

ドアを開けると狭い玄関があった。草薙は靴を脱いで部屋に上がった。かすかに消臭剤の香りがする。

腕組みをし、室内を見回した。手前がダイニングキッチンで、奥に二部屋がある。どちらも和室のようだ。ダイニングテーブルは小ぶりな正方形で、椅子が向かい合わせに置いてある。テーブルの上にはティッシュペーパーの箱が載っているだけだ。壁には小さな食器棚と小型の液晶テレビが並んでいた。

草薙は奥に進んだ。左側の部屋を覗くと、パソコンデスクと椅子が窓際に置いてあった。ノートパソコンは、ふだん草薙が目にするものより大きめだ。

小さな書棚があるが、書物より小物や雑貨のほうが多い。薬などもあった。

「この部屋は、探られた形跡がないな」草薙は呟いた。

「前回の捜索では、その部屋は殆ど触ってないです」横山がいった。「ＤＮＡと毛髪を採取したら、ほかはなるべく触らないようにしてくれといわれましたから」

「そういうことか」

草薙はもう一方の部屋を見た。こちらにはダブルベッドがあった。壁際に大きめの棚があり、しかもベッドとの隙間を埋めるようにブティックハンガーが置かれているので、それだけでいっぱいだ。ただしブティックハンガーには、洋服が掛けられていないハンガーがいくつかある。

押し入れの襖（ふすま）を開けると衣装ケースと段ボール箱が積まれていた。

「係長」内海薫が呼びかけてきた。「化粧品がありません」

「化粧品？」

「洗面台を見ましたが、化粧品の類（たぐ）いが見当たりませんでした。化粧水や乳液すらありません。クレンジングオイルもそうです。意図的に持ち出したと考えるのが妥当かと」

「わかった」

要するに、ここの住人は自分の意思で行方をくらましている可能性が高い、ということだ。さすがに女性だけあって目のつけどころがいい。

五日前の十月六日、南房総沖で漂流している遺体を海上保安庁のヘリコプターが発見した。遺体は損傷がひどく、服装や体つき、毛髪の状態などから、二十代から四十代の男性だろうと推定できる程度だった。身元を示すものは何もなかった。だが遺体を子細（しさい）に観察したところ、重大な事実が見つかった。背中に射創（しゃそう）と見られる傷があったのだ。司法解剖の結果、体内から銃弾（じゅうだん）が発見された。背後から撃たれているので自殺の可能性は低く、何者かによって銃殺された遺体だと判断された。

全国の警察に照会が行われた結果、東京都足立区で行方不明者届が出されている人物が有力候補として浮上してきた。上辻亮太という男性で、届けは九月二十九日に同居女性によって提出されていた。

ところが行方不明者届を受理した担当者が、その女性に連絡を取ろうとしても携帯電話が繋がらなかった。仕方なく自宅アパートを訪ねたところ、留守だった。勤務先に電話をかけてみると休職中だという。しかも休職を願い出たのは行方不明者届を提出した三日後の十月二日朝で、職場に事前の相談は一切なく、突然のことだったらしい。

さらに新事実が判明した。上辻亮太は九月二十七日に足立区内のレンタカー会社で車を借りていたが、返却日の二十八日を過ぎても返していなかったのだ。社員が携帯電話にかけても繋がらないので、免許証に記載されていた住居を訪ねてみると、何か月も前に引っ越していた。レンタカー会社が被害届を出したのは十月五日だ。

所轄の警察署は、横領の疑いで上辻亮太の逮捕状を請求し、家宅捜索を行った。そうして押収した歯ブラシやカミソリなどを試料としてDNA鑑定を行ったところ、南房総沖で見つかった遺体と高い確率で合致（がっち）することが確認された。

程なくして上辻の借りたレンタカーが、館山市内にあるショッピングセンターの駐車場で見つかった。入り口に設置された防犯カメラの映像によれば、車が入ったのは二十七日の午後八時過ぎらしい。犯人が運転していたと思われるが、その姿は確認できない。車内を調べた鑑識によれば、入念に清掃した形跡があり、髪の毛一本見つからなかったという。

こうして殺人及び死体遺棄事件として捜査が行われることになった。警視庁捜査一課に協力が要請され、担当することになったのが草薙が率いる係だった。千葉県警との合同捜査本部が開設される見込みで、その前に草薙は被害者の住居を確認しにきたというわけだ。

「ここの大家さんは近くに住んでいるということだったね」草薙は横山に訊いた。

「そうです。すぐ隣の一軒家です」

田村という家だと横山は答えた。

草薙は頷き、内海薫のほうを向いた。

「声をかけてこい。いらっしゃるようなら、来てもらってくれ」

わかりました、といって女性刑事は出ていった。

草薙は横山に視線を戻した。

「届けを受理した時のことを、もう少し詳しく教えてもらえるかな」

「はい、何なりと」横山は快活に返事をした。上辻亮太の行方不明者届が出された際、対応したのが彼だったらしいのだ。

小さなダイニングテーブルを挟み、向き合って座った。草薙は懐から折り畳んだ紙を出した。行方不明者届の書類をコピーしたものだ。提出者の名前は『島内園香』とある。上辻亮太の同居人だ。

「これによれば、島内さんが上辻氏の姿を最後に見たのは、先月二十七日の朝のようだね」

「そうです。一泊二日で友人と京都へ遊びに行って、帰ってきたら姿が消えていたと。次の日になっても帰ってこず、とはいえ問い合わせるにもどこの連絡先も知らないので途方に暮れ、夜になっていよいよ心配になり、警察署に駆け込んできたということでした」

「上辻氏の職業は？　会社員なら、職場でも騒ぎになりそうだけど」

「前の会社を辞めて、フリーで仕事をしていたそうです。事務所開設の準備をしているところだったとか。映像関係の仕事らしいですが、内容について島内さんは詳しく知らない様子でした」

「フリーで映像関係ねえ……」

まるで馴染みのない世界だ。胡散臭(うさんくさ)いとの印象を抱いてしまうのは年を取った証拠か。

「島内さんは旅行の間、上辻氏に連絡を取らなかったんだろうか。電話とかメールとか、あとＳＮＳとか」

「メッセージは何度か送っていたそうです。ところがいつまで経っても既読にならないし、電話も繋がらないので気にはなっていたみたいです。ただ、前にも同じようなことがあって、その時はスマホの電源を切ったままにしていたらしく、今回もそうなのかと考えていたとか」

「島内さんの様子はどんなふうだった？　何か不自然な点はなかったかな」

横山は腕組みをし、うーんと首を傾げた。

「どうでしょうかねえ。行方不明者届を提出しに来るほどですから、かなり心配しているわけで、落ち着いているようには見えませんでした。顔色はよくなかったし、書類に記入する手が震えていました。ただそういうことは、あの手の届けを出す人にはよくあることなので、不自然だとは感じませんでした」

「友人と京都へ旅行に出ていたという話だったね。その友人の名前や連絡先は聞いているのかな？」

草薙の質問に横山は気まずそうに顔をしかめた。「すみません。そこまでは……」

「そうか。いや、それは仕方がない。一応訊いてみただけだ」

ノックする音が玄関から聞こえ、ドアが開いた。内海薫が顔を覗かせた。

「オーナーの田村さんをお連れしました」

「入ってもらってくれ」

内海薫に促され、カーディガンを羽織った太った男性が入ってきた。六十代半ばといったところか。

横山が立ち上がり、田村に椅子を勧めた。草薙も立ち、自己紹介した。

「お忙しいところを申し訳ございません」

田村は怯えと警戒の混じった目で頷き、椅子に座った。

草薙も再び腰を下ろした。「事情は御存じですね？」

田村はため息をついた。「参ってますよ。まさかこんなことになるなんて」

「上辻さんのことはよく知っておられるんですか」

草薙が訊くと田村は不審げに眉根を寄せた。「ウエツジさん？」

「あの係長、少し状況が違うようなんです」内海薫が口を挟んできた。

「違う？　何が？」

「部屋を借りているのは女性のほうだそうです。そこへ後から上辻さんが同居するようになったとか」

「そうだったのか」

「すみません、御説明するのを忘れていました」傍らで横山が頭を下げた。「島内園香さんが、この部屋の借主です」

　そういえば部屋の借主が誰かまでは考えなかった。男女が同居していると聞き、男のほうだろうと勝手に決めつけていた。

　草薙は改めて田村のほうを向いた。

「では島内さんについて、少し話を聞かせてもらえますか」

「構いませんけど、行方について心当たりなんかはありませんよ。最近はそんなに親しくしていたわけじゃないんで」

「御存じの範囲で結構です。まず、島内さんが入居してきたのはいつ頃ですか」

「五年前の三月です。親子で越してこられました」

「親子で？」

「お母さんと二人でです。賃貸契約を結んだのはお母さんです」

「その方は今はどちらに？」

田村は首を小さく横に振った。「亡くなられました。一年半ほど前に」

「事故か何かで？」

「病気です。風呂掃除の最中にクモ膜下出血を起こして、それを娘さんが見つけて救急車を呼んだけれど、結局病院で息を引き取ったって話でした。気の毒な話です。まだ五十歳にもなってなかったんじゃないかな」

田村によれば、島内園香の高校卒業を機に親子は千葉から越してきたらしい。母親の千鶴子は学校の給食センターで働き、園香は上野の生花店で働きながら夜は専門学校に通っていた。経済的に余裕があったわけではないだろうが、千鶴子が急死するまで家賃を滞納したことは一度もなかったという。

「気の毒な話ですよ。娘が生花店の契約社員から正式な社員になって、ようやく少しは楽ができるようになりましたって、嬉しそうに話しておられた矢先でしたからね。園香さんも途方に暮れた様子でした。その時、初めて家賃が遅れました」

「でもそのまま同じ部屋に住み続けておられるわけですね」

「どうするかは迷ったみたいですよ。だけど新たに部屋を借りるにしてもまとまったお金がいるわけだし、引っ越し費用も馬鹿になりませんからね。結局、そのまま賃貸契約を引き継ぎますといってこられました」

「上辻という男性とは、いつ頃から同居を？」

「それがどうもはっきりしないんです」田村は顔をしかめた。「一年ぐらい前から時々見かけるようになりましたが、一緒に住み始めた時期はよくわかりません。いつの間にか住み着いていたという感じでね。見たところ悪い世界の人間ではなさそうだったんで、口出しはしませんでした。元々、二人入居を認めていますしね」

「最近はフリーで仕事をしていたそうですが、前の勤め先とかは御存じないですか」

「知らないです。ウエツジなんていう名前も、初めて聞きました」田村は仏頂面でいった。

「最近の様子はどうでしたか。何か変わったことはありませんでしたか」

いやあ、と田村は顔の前で手を振った。

「さっきもいったでしょ。最近はそんなに親しくしていなかったんです。顔を合わせたら挨拶する程度でね」

田村の態度は逃げ腰になっていた。こんなことなら母親が死んだ時に契約を打ち切っておけばよかった、とでも考えているのかもしれない。

3

色とりどりの花が並んだ店舗の前に立ち、薫はため息をつきたくなった。花を誰かにプレゼントしたことなど、もう何年もない。はるか昔、気まぐれでカーネーションを実家の母に送ったのがたぶん最後だ。誰かに貰った記憶となると、もっと前になる。

それにしても何と優雅な職場だろうか。こんなところで働いていたら、醜い人間関係とは縁遠くなるように思えるが、現実はそんなものではないのかもしれない。

上野駅に隣接するビルの三階にある生花店に来ていた。若い女性店員がいたので声をかけ、身分を明かしてから責任者に会いたいといった。

店長は四十歳前後の、真面目な雰囲気の女性だった。胸に『青山』と記された札を付けていた。

「お忙しいところを申し訳ございません。じつは島内園香さんについて教えていただきたいんです」

青山店長は眉をひそめた。

「警察の人と聞いて、そのことじゃないかと思いました。少し前にも警察から問い合わせがありましたので」

「把握しています。島内さんは休職中だとお答えになったとか」

「そうです」

「それについても改めて質問させてください。今、少しお時間はよろしいでしょうか」

「大丈夫ですけど、一体何があったんでしょうか」

じつは、といって薫は周りに視線を走らせた後、青山店長に顔を寄せた。

「島内さんの行方がわからなくなっているのです。事件に巻き込まれているおそれがあります」

「そんな……」青山店長の顔が血の気がひいたように白くなった。

「落ち着いて話せる場所に移動しましょう」

薫は店の斜め向かいにあるコーヒーショップを示した。事前に目を付けておいたのだ。

「園香ちゃんが契約社員としてうちで働き始めたのは高校を卒業してからなので、付き合いはもう五年以上になります。三年経ってから正式な社員になってもらいました」カフェラテが入った紙コップを前に置き、青山店長はいった。彼女によれば島内園香の勤務態度は真面目で、これまで問題を起こしたことなど一度もないという。

「お客さんからの評判も、とてもいいんです。親身になって花を選んでくれるけれど、決して出しゃばりすぎないから相談しやすいって。園香ちゃん自身も、お客さんの気持ちになって花を選ぶのは楽しくて好きだといっていました」

青山店長の口調は熱い。本心からいっているのだろう。

「十月二日の朝、突然休職を願い出たと聞いていますが」

「開店前に電話をもらいました。事情があってしばらく店には行けないので休ませてほしいというんです。もしそれが迷惑ならクビにしてくれても構わないって」

薫はメモを取る手を止めた。

「ずいぶんと切迫した話ですね。何か余程の事情があるように思えますが、それについて詳しいことをお聞きになりましたか」

「もちろん尋ねました。でも話してくれなかったんです。個人的なことだからって」

「その電話での島内さんはどんな様子でしたか。口調とかはいつも通りでしたか」

「いいえ、彼女にしては早口で、何だか切羽詰まったような感じでした。じつはその前からおかしかったんです。顔色がよくないし、いつも考え事をしているように見えました」

「その前というのは、いつ頃ですか」

「断言はできないですけど、京都旅行以来だと思います」

「京都旅行？　先月二十七日と二十八日の？」

「そうです。彼女がオフの日で、友達と京都へ旅行に行くといっていました。その前はすごく楽しみにしている感じだったんですけど、帰ってきてから何となく様子が違っていたように思います」

「一緒に旅行する相手はどういう友達か、お聞きになっていませんか」

「高校時代のサークル仲間といってたように思います。名前まではちょっと……」

サークル仲間――それなら突き止められそうだ。

「それで、しばらく休みたいという申し出に対して、店ではどのように対応を？」

「本社と相談して、当面は休職扱いにしようということになりました。ただその後、園香ちゃんに連絡したいことがあって電話をかけたんですけど、全く繋がらないんです。こちらとしても困っていたんですけど、それ以上に、一体何があったんだろうと心配していたところでした」

「島内さんの行方に心当たりはないわけですね」

「ありません」

青山店長は真摯な目で首を振った。演技には見えない。

薫は質問の矛先を変えてみることにした。

「上辻さんという名を聞いたことがありますか。フルネームは上辻亮太さんといいます」

「知っています。園香ちゃんの彼氏ですよね」

「お会いになったことは？」

「一度だけあります。というより、上辻さんが仕事の関係で店に来られて、それがきっかけで二人は付き合うようになったんです」

「仕事で？　上辻さんも花を扱うお仕事を？」

「いえ、映像関係の仕事をしておられました。それで撮影に使う花を探しに来られて、その時、私が園香ちゃんにお手伝いするようにいったんです」

「その時、名刺か何かは受け取りましたか」

「もらったように思いますけど、残してあるかどうかは……。上辻さんがいらっしゃったのは、その時だけでしたし」

おそらく捨てたのだろう。これは諦めるしかない。

「島内さんと上辻さんが同居していたことは御存じですか」

「話には聞いています。お母さんが亡くなって、園香ちゃんも独り暮らしは心細いだろうからよかったなと思っていたんですけど」

「最近島内さんは、上辻さんのことで何かいってませんでしたか」

薫の質問に青山店長は思案顔になった。

「最近は聞いてないです。同棲を始めた頃は、一緒に映画に行ったことなんかを話してくれてたりしたんですけど、そのうちにあまり話してくれなくなりました。どうなったのかなと気にはなっていたんですけど、若いんだし、結婚しているわけでもないから、もしかしたら別れちゃったのかなと思ったりもしました。本人が何もいわないのに、こちらからあれこれ尋ねるのも変だと思い、触れずにいたんです」

青山店長の口調からは、若い部下の扱いに慎重になっていた様子が窺えた。

「ほかに何か島内さんに関して変わったことはなかったですか。いつもと違う行動を取ったとか、お店に妙な電話がかかってきたとか」

青山店長は真剣な顔つきで考え込んだ後、徐に口を開いた。「妙なこと、とまではいえないかもしれませんが……」

「何でしょうか。どんなに些細なことでも結構です」

「一か月ぐらい前、体調が悪いとかで園香ちゃんが店を休んだことがあるんです。すると、たまたまその日に彼女を訪ねてきた人がいました。お年寄りの女性でした」

「お年寄りが？　島内さんに会いに来られたんですか」

「そのようでした。体調不良で休んでいることを話すと途端に心配そうな顔になってお帰りになりました」

「花はお買いにならなかったのですね」

「そうです」

つまりその老婦人が店に来た目的は島内園香に会うことだったわけだ。

「それ以後、そのお年寄りが店に来られたことは？」

「ないと思います。少なくとも私がいる時には来ておられないです」

「その人のことを島内さんに話しましたか」

「話しました」

「島内さんは何と説明を？」

「ちょっとした知り合いだって。そうとしかいわなかったので、それっきりになりました」

気になるエピソードだった。薫は手帳を広げ、ボールペンを構えた。

「どんなお年寄りでしたか。ざっくりとした印象で結構ですから、話していただけるとありがたいんですけど」

「どんな、といわれても……。ひと月も前なので、顔とかはよく覚えてないんですけど」青山店長は記憶を探る表情になった。「七十歳前後だったと思います。お年寄りのわりには……といっては失礼かもしれませんけど、垢抜けた感じのお洒落な方でした。お化粧の仕方が上品で、髪なんかも奇麗にしておられました」

「裕福で余裕のある老婦人、というイメージですか」

「そうですけど、華やかな雰囲気もありました。人と接することが多いのかな、と思った覚えがありますから」

薫は手帳にボールペンを走らせた。この情報は貴重かもしれない——刑事としての勘がそう告げていた。

4

「上辻の前の職場がわかった。家宅捜索で見つかった」

草薙が差し出したA4用紙を薫は手にした。それは名刺をコピーしたものだった。『UXイメージ工房』という社名の横に『上辻亮太』とある。肩書きは『チーフプロデューサー』となっていた。

「公式サイトによれば業務内容は映像制作全般となっている。サイトを見るかぎり、大きな会社ではなさそうだ。実績を見たらCMが多いようだが、たぶん大手制作会社の下請けだろう。今、岸谷たちが聞き込みに行っているが、上辻は八か月ほど前に辞めているらしい」

「退職の理由は？」薫はコピー用紙を草薙に返した。

「わからん。岸谷たちが聞いてくるはずだ」

薫は周りを見回した。あちらこちらで捜査員たちが段ボール箱を開けている。島内園香たちの部屋から押収してきたものだろう。

「家宅捜索は一段落したんですか」

「一応は、というところだな」草薙は苦い顔で鼻の下を擦った。

「あまり芳しい結果ではないみたいですね」

「はっきりいうと、その通りだ。そもそも押収すべき物が少ない。上辻は自分の所持品を極力処分してから、あのアパートに転がり込んだようだな。人間関係を示すものが殆ど見つからなかった。おそらくそれらはスマートフォンに詰め込まれてたんだろう。最近の家宅捜索ではよくみられる傾向だが、今回は特にそうだ。現在、電話会社に発信履歴の開示を要請しているが、果たしてどれだけのことがわかるか……」

「上辻氏の経歴はどの程度把握できているんですか？」

草薙は机の上から別の書類を取り上げた。

「上辻亮太、三十三歳。群馬県高崎市出身。実家の両親は健在だった。連絡した者の話によれば、ここ数年、両親は被害者とは疎遠になっていて、最近のことはまるで知らない様子だったらしい。遺体を引き取りに来るそうだから、俺も直接話を聞くつもりだ。収穫はあまり期待できないけどな」

その時一人の若い捜査員が、内海先輩、と呼びかけてきた。手にアルバムのようなものを持っている。「御注文の品です」

ありがとう、といって薫はアルバムを受け取った。

「何だ、それは？」草薙が訊いてくる。

「島内園香さんの高校の卒業アルバムです」

薫はアルバムを開いた。ぱらぱらとめくった後、手を止めた。『三年二組』と記されたページに、若き男女の顔写真がずらりと並んでいた。中程にショートカットがよく似合う目の大きな女子の顔があった。あと数年経てば間違いなく美人の部類に入るだろうと思われる容姿だった。写真の下に『島内園香』とあった。

島内園香が通っていた高校は、千葉県の小さな町にあった。事前に電話をかけて用件を話してあったので、薫が行くとすぐに来客室に通され、間もなく野口（のぐち）という中年の男性教師が現れた。社会科の担当で、今は一年生のクラス担任をしているらしい。

「島内と同じサークルに所属していて仲が良かったといえば、おそらくオカタニでしょう」

野口は、薫が持参した卒業アルバムを広げ、一人の女子生徒を指差した。口元の引き締まった少女が、勝ち気そうな目を向けている。写真の下には『岡谷真紀（おかたにまき）』とあった。

「サークルというのは美術部です。文化祭の時、二人だけで巨大看板を作ってくれたのを覚えています。毎日遅くまで、よくがんばってくれました」野口は懐かしそうな目をしていった。

「岡谷さんの現在の連絡先はわかりますか。電話でお伝えした通り、ある事件に島内さんが巻き込まれているおそれがある上、消息を摑めない状態です。最後に会ったのが岡谷さんである可能性があり、どうしてもお話を伺いたいんです。もちろん外部に漏らすようなことは絶対にないとお約束いたします」

薫の話を聞くと野口は険しい表情になり、少々お待ちください、といって一旦部屋を出ていった。

十分ほどして戻ってきた野口は、小さなメモ用紙を薫の前に置いた。住所と携帯電話の番号が記されている。

「岡谷のお母さんに電話で事情を話して、娘さんの連絡先を教えていいかどうか確認しました。

「そういうことならと教えていただきました。岡谷は今、東京で美容師をしているそうです」

ありがとうございます、といって薫はメモを手に取った。住所は小金井市だった。

「それにしても心配ですね。一体何があったんでしょうか。島内の身に何もなければいいんですが」野口は眉尻を下げた。

「私たちもそれを一番心配しています」薫はメモをバッグにしまった。「野口先生から見て島内さんは、どんな生徒さんでしたか？」

野口は少し考える顔をしてから口を開いた。

「真面目で大人しい子でしたね。成績は……」野口は首を傾げた。「中の下ってところだったかな。家が裕福でないせいか、派手なところはなかったです」

「母子家庭だったようですね」

「そうです。所謂シングルマザーだと懇談会の時にお母さんから聞きました」

「そのお母さんがお亡くなりになったことは御存じですか？」

「えっ、あのお母さんが？」野口は目を大きく見開いた。「いつですか？」

「一年半ほど前だそうです。クモ膜下出血だったとか」

「そうなんですか。いやあ、全然知りませんでした。まだお若かったのになあ。過労ですかね。そういえば島内がいってましたよ。あの仕事は肉体的にも精神的にもきついみたいですって」

「あの仕事、とは？」

「島内のお母さんは、児童養護施設で働いておられたんです。ここから二駅ほど行ったところにあります」

「施設ですか……名称は？」

「ええと、何といったかな」

野口が首を捻ったので、「結構です。自分で調べます」と薫は慌てていった。

「あのお母さんが亡くなったということなら、それはちょっと心配ですねえ」野口が考え込む顔になった。

「といいますと？」

「何もかもお母さん頼みというイメージがあるんです。大事なことを自分ではなかなか決められない、とお母さんもおっしゃってました。学校でもそうでしたね。自分の意見をいえず、他人に流されやすいところがありました。優しすぎるというか、人に気を遣いすぎるというか」

「そうなんですか」

大事なことを自分では決められない人間が、突然姿を消すとはどういうことだろう、と薫は思った。

学校を出ると正門の前から草薙に報告した。

「収穫ありだな。よし、すぐにその岡谷という同級生に連絡して、本人の了解が取れたら会いに行ってくれ」

「私が直接連絡していいんですか。警戒されませんか」

「構わない。事件に関係していなければ問題ないし、関係しているのなら、いずれ警察が接触してくることは予想しているだろう。小細工せずに当たってくれ」

「わかりました」

電話を切ると、野口から受け取ったメモを見ながらスマートフォンの番号キーをタッチした。美容師なら、今は勤務中だろう。職場はどこだろうか。小金井市内でないことを祈った。ここからだとかなりの移動になる。

だが数分後に電話を終えた薫は、胸を撫で下ろしていた。岡谷真紀の勤務地は表参道だった。ここから上野駅に出れば、あとは地下鉄一本で行ける。

地下鉄に乗ると、スマートフォンで検索を始めた。野口が話していた児童養護施設を捜すためだ。それらしき施設はすぐに見つかった。たしかに先程の高校の近くだ。『あさかげ園』というらしい。

島内園香の母——千鶴子がそこで働いていたのは五年半前までだ。となれば今回の事件に関係している可能性は低い。この施設に自分が行くことはないだろう、と薫は思った。

間もなく表参道に着いた。ここは不思議な街だ。メインストリートに有名ブランド店が並んでいる光景は有名だが、脇道に入ると全く雰囲気が変わる。個性溢れる店舗が、それぞれの存在感を発揮しつつ、リピーターにしか認識しにくいような場所に潜んでいる。

目的の店も、民家に溶け込むように佇んでいた。路面店だが、すぐ近くまで行かないと美容院だとはわからない。だが店の前に立てば、明るい店内がガラス越しに見えた。

内海薫はドアを開け、中に足を踏み入れた。小さなカウンターにいた若い女性が、いらっしゃいませ、と笑顔で挨拶してきた。

「ごめんなさい。髪を切りに来たんじゃないんです。岡谷さんに用がありまして。内海といいます」

少々お待ちください、といって若い女性は足早にフロアを横切っていった。

間もなく白いシャツにジーンズという出で立ちの女性がやってきた。当然のことながら、卒業アルバムよりはずいぶんと大人びている。

「内海です。お仕事中、申し訳ありません」薫は頭を下げた。

「三十分程度ってことでしたよね」岡谷真紀が上目遣いでいった。

「はい。なるべく手短に済ませます」

「外でもいいですか。控え室は狭いので」

「もちろんです。御迷惑をおかけします」

店を出て、通りを渡ってから改めて向き合った。薫は名刺を出し、自己紹介をした。

「電話でもお話ししましたが、島内園香さんについてお伺いしたいことがいくつかあるんです。岡谷さんは島内さんとは高校が一緒だったと聞きましたが」

「美術部で一緒でした。じつはさっき母からメッセージが届いたんです。警察の人から連絡があるかもしれないって。やっぱり園香に何かあったんですか？」

「やっぱり、というと？」

「急に連絡が取れなくなってしまったんです。何度もメッセージを送ったんですけど返事がないっていうか、既読にならないし。電話も繋がらなくて……。それで気になっていました」

「最後に連絡を取ったのはいつですか」

「先月の二十八日だと思います。前の日から一緒に京都へ旅行に行って、帰ってきた日です。楽しかったねって、眠る前にメッセージを送りました。その時はすぐに園香からも、また休みが合ったらどこかに行こうって返事があったんですけど」

「その京都旅行ですが、岡谷さんからお誘いになったんですか」

「いえ、園香が誘ってきたんです。新幹線で京都に行けて、しかも高級旅館に泊まれるチケットが手に入ったから行かないかって。二十八日の火曜日は店が定休日なので、前日の月曜日に休みを取って、一泊二日で行きました」

「旅行中、島内さんに変わった様子はありませんでしたか？　たとえば、何か考え事をしていることが多かったとか」

岡谷真紀は首を傾げながら身体の前で両手を擦りあわせた。

「たしかにそういうことはありました。ぼんやりしてて、声をかけても返事がないってことが何度も」そういってから岡谷真紀は小さく手を横に振った。「でも園香の場合、それ自体は特に珍しくないんです」

「よくあることだと？」

「昔からそうなんです。一旦自分の世界に入っちゃうと、夢中になっちゃうんです。イラストを描いたり、フラワーアレンジメントのアイデアを考え始めたら、ほかに意識が向かなくなるといってました。だから京都旅行の間も、彼女がそんなふうになっても特には気にしませんでした」そこまで話したところで岡谷真紀は、ただ、と続けた。「いつもと違うなと思ったことはありました」

「どんなことですか」

「彼氏からのメッセージを気にすることが少なかったんです」

「メッセージ？　気にするとは？」

「二人でお茶をしてる時なんかでも、しょっちゅう彼氏から園香のスマホにメッセージが入るんです。今どこにいるとか、誰といるとか、何をしてるとか、訊いてくるみたいです。その返事がちょっとでも遅くなるとブチギレるとかで、園香はあわてて返事を送ってました。だけど京都では、そういうことが少なかったんです。ていうか、殆どなかったかもしれません。どうしたのか訊きたかったけど、せっかく楽しいんだし、余計なことかもしれないと思って黙ってましたけど」

「彼氏というのは、島内さんの同棲相手の上辻さんですね。上辻亮太さん」

「そうです」

「お会いになったことは？」

「ありません。一度会わせてって何度かいったんですけど、いつも、そのうちにねってはぐらかされるんです」

「そのうちに、ねえ……。ええと、京都旅行中に写真はお撮りになりましたか」

「撮りましたけど」

「何枚かいただけないでしょうか。もちろん、外に出すようなことは絶対にいたしません」

岡谷真紀はジーンズの後ろポケットからスマートフォンを出してきた。口を半開きにして操作した後、「これなんかはどうですか？」と薫に画面を向けてきた。

どこかの池を背景に、二人でピースサインを作っている。島内園香は卒業アルバムの写真よりもずいぶん大人になっていたが、顔は小さく、体格も華奢（きゃしゃ）だ。服装によっては十代に見えるかもしれない。

その画像を含め、三枚の静止画を薫はスマートフォンに転送してもらった。

岡谷真紀はスマートフォンをポケットに戻してから、あのう、と探るような目を薫に向けてきた。「園香は逃げたんじゃないでしょうか」

「逃げた？　誰から？」

だから、といって岡谷真紀は顔を寄せてきた。「彼氏から、です」

「どういうことですか」

「園香、たぶん彼氏から暴力を受けてました。DVってやつです」

薫は少し身を引き、岡谷真紀の顔を見つめた。「本人からお聞きになったんですか」

「はっきりと聞いたわけではないです。でも、そうじゃないかなってずっと思ってたんです。感染症予防でマスクを付けてることが多いんですけど、お茶してる間も全然外さないってことが何度かありました。マスクの隙間にストローを突っ込んで飲んだりするんです。メイクを手抜きしてるからとかいってごまかしてたけど、痣を隠してたんだと思います。濃い色のサングラスをかけてたこともあるし。誰かに殴られてアオタンでもできたんじゃないのって、冗談っぽく訊いたことがあります。そうしたら違う違うって園香は必死で否定しました。その反応も不自然でした」

熱のこもった岡谷真紀の言葉からは、友人を心配する気持ちと、胸に秘めていたことをようやく口にできた解放感が伝わってきた。いずれにせよ、単なる思いつきをしゃべっているのでないことは明らかだった。

「そういうことはいつ頃からありましたか」

「はっきりとは覚えてないけど、半年ぐらい前からだと思います。会う約束をしてたのに、急に予定が入ったとかメッセージを送ってきたこともありました。怪我がひどくてごまかしきれないと思ったんじゃなかったのかな」

「そういうことが繰り返され、とうとう耐えきれなくなって逃げだしたんじゃないか――そう思われるわけですね」

はい、と岡谷真紀は頷いた。

「京都旅行は、そのスタートだったのかもしれないなって。スマホも処分して……。だから彼氏からのメッセージもなかったんじゃないかなって考えてるんですけど。今、行方がわからないのも、彼氏に居場所を突き止められたらまずいから……違うでしょうか」

なかなか興味深い推理だった。今も上辻亮太が生きていたなら成立する説だ。岡谷真紀は彼が死んでいることを知らないらしい。だがここで敢えて教える必要はない。そうかもしれませんね、と同意しておいた。

「もしそうだとして、島内さんは誰にも相談しなかったんでしょうか」

さあ、と岡谷真紀は首を捻った。

「自分でいうのも変ですけど、私以上に園香と仲が良かった友達って思いつきません。私の知らないところにはいたのかもしれないけど……」

「お友達以外で島内さんが信頼していたというか、心を許していた人にお心当たりはありませんか。先生とか……」そういってから薫は苦笑した。「今時の若い人は先生を慕ったりしないかな」

「そうですね。先生ってのはあり得ないかも」岡谷真紀も笑みを浮かべたが、すぐに真顔に戻った。「もしかしたら、ナエさんには話してたかも」

「ナエさん？」

「血の繋がりはないんだけれど、亡くなったお母さんが実の母親のように慕っていた人だといってました。園香も子供の頃からしょっちゅう家へ遊びに行っていたとかで、お母さんが亡くなった時も力になってもらえたみたいです」

「何という方か、正確な名前はわかりますか」

「それはちょっと……。ナエさんとしか聞いてないです。あっ、でも、絵本を描いている人だといってました」

「絵本？　絵本作家ということですか」

「プロかどうかはわかんないですけど、そんなふうに園香はいってました。ナエさんは絵本を描いてるって」

「ナエさん……ね」

生花店で聞いた、一か月ぐらい前に七十歳ぐらいの老婦人が園香を訪ねて店に来た、という話を薫は思い出していた。

「絵本作家のナエさん……か」薫の話を聞いた草薙は、椅子にもたれ、顎を擦りながら足を組み替えた。

「岡谷さんによると、その人の影響で島内園香さんは絵やアートに興味を持つようになったらしい、とのことでした」

「その絵本作家の婆さんらしき人物が、ひと月前に生花店を訪れていたわけか。事件との関連は不明だが、一応当たっておく必要はありそうだな。で、それとは別に――」草薙の薫を見上げる目が不気味に光った。「もう一つの話も聞き逃せないな。島内園香がＤＶに遭ってたんじゃないか、という件だ」

「あくまでも岡谷さんの憶測(おくそく)にすぎませんが……」

「若い娘の勘が馬鹿にできないことは、ここにいるどの刑事よりもおまえが一番よくわかっているだろ。それに上辻亮太の人間性に関する話を聞けば、そういうことがあっても不思議ではない」

「何かわかったんですか」

「いろいろとな」草薙は意味ありげにいってから、岸谷、と少し離れたところで書類を作成している部下を呼んだ。「さっきの話を内海にしてやってくれ」

岸谷は手帳を広げながら近づいてきた。

「『ＵＸイメージ工房』に行ってきた。会社が設立されたのは四年前で、創設メンバーは三人、そのうちの一人が上辻だ。三人は映像クリエイターを育成する専門学校で一緒だった。それぞれ別の会社で映像関係の仕事をしていたが、ある時集まる機会があって、やりたい仕事をやれないという共通の不満をぶつけ合っているうちに、だったら自分たちで会社を立ち上げよう、という話になったらしい」

「よくある話だ。半人前の若造のくせに自己評価が高く、自信だけは有り余っている。鼻っ柱をへし折られるまで未熟さに気づかない」草薙が口元を曲げていった。

「係長がいう通り、起業した当初は壁に当たったらしい。だけど社長になった人物が前にいた会社との繋がりを生かして、PR映像やCM制作、ゲーム・デザインなどの下請けを地道に続けているうちに、少しずつ大きな仕事も舞い込むようになったという話だ。社員も増えていった。ところが、だ」岸谷は書類から顔を上げ、肩をすくめた。「その状況が上辻としては不満だったらしい。やっていることが前の会社にいた時と変わらない、本当にやりたいことが何ひとつできていない、もっと独自の企画を立ち上げ、スポンサーに売り込んでいくべきだと主張した。実際上辻本人は劇場用映画の企画なんかを作って、いろいろと回っていたみたいだけど、無名のプロダクションを大手が相手にしてくれるわけがない。そういう夢を追うのはもっと先で、今は土台を作る段階だと社長がいっても、聞く耳を持たなかったそうだ。おまけに、新たな問題が発覚した」

「問題？」

「パワハラだ。若手社員やアルバイトに陰湿ないじめをしていることが判明した。有望な若手が続けざまに辞めてしまい、堪らず社長が注意した。逆ギレした上辻は、その場で辞めるといいだした。しかも高額な退職金を要求したりして、さらに一悶着あったそうだ」

「それはかなりの問題児ですね」

「自分に人を見る目がなかったと社長が嘆いていたよ。たしかに映像の才能はそこそこあるのだけれど、少しでも自分の思い通りにならないと苛立ってしまう。とにかくプライドが高すぎるってさ」

なるほど、と薫は草薙を見た。「それで島内園香さんに対するDVもあり得ると」

「そういうことだ。DV加害者にはプライドの高い人間が多いといわれるからな。今日、上辻の両親に会ったが、同じような話を聞いた」

「どんな話ですか」

「昔から相当な自信家だったらしい。成績が良いことを鼻に掛けることもあったそうだ。それだけに大学受験で第一志望に入れなかった時は、親にまで八つ当たりする始末で、一体将来はどんな人間になるのかと心配していたってことだ。絶対に東京で成功するから、それまでは帰らないと豪語していたとか」

「そんなふうじゃ、会社を辞めて女の子の部屋に転がり込んでいるなんてこと、口が裂けてもいえないでしょうね」

「おまけにその女性に暴力をふるっているわけか」岸谷が呆れたように頭を振った。「完全に性格破綻者だな。今まで女性が逃げださなかったことのほうが不思議だ」

「そう。もし今も上辻が生きていたなら、島内園香が逃げるのは理解できる。しかし上辻は死んだ。逃げる必要がなくなった。それなのに行方をくらましている理由は何だ？」

草薙が何をいいたいのかは薫にもわかった。

「園香さんが事件に関わっていると？」

「そう考えるのが当然だろう。行方不明者届を出したのは、警察の目をくらますカムフラージュのつもりだった。だがやはりごまかす自信がなくなり、死体が見つかって事件が明るみに出る前に姿を消したというわけだ」

「でも上辻氏が死亡したと思われる日、園香さんは京都旅行中でした。証人もいます」

薫は、アリバイ、という言葉を敢えて使わなかった。

草薙は舌打ちをした後、そこが問題なんだよな、と呟いた。

5

茶髪の若者は、上辻という名字を聞いた途端、コーヒーカップを持ったまま不快そうに口元を歪めた。どういう人間だったかを薫が訊くと、思い出すのも嫌なほど最低の上司だった、といった。

「最初の頃は、親切で面倒見のいい人だなと思っていたんです。ところがこっちが少し仕事を覚えて自分の判断で動くようになると、途端に冷淡になるわけです。露骨に邪魔してくるなら社長に訴えられますけど、そうじゃない。とにかく性格が悪くて、やり方が陰湿なんです。肝心なことを教えてくれずに、こっちが失敗するのを待っていて、それをネチネチと責めてきたりするんです。おまえは無能だから、とにかく俺のいう通りにしろ、悪い頭を使おうとせずに俺の奴隷をやっていればいいんだ、とかね。このままだとノイローゼになると思ったんで、逃げだしました」

若者の話を聞き、岸谷がいっていた通りだな、と薫は思った。

「会社を辞めた後、上辻さんと何らかの接触はありましたか。電話で話したとか、メールでやりとりしたとか、あとSNSとか」

「ないです、ないです。あるわけないです。あんな人とは一生関わりたくない」

強い口調で否定する若者の態度に、嘘をついている気配は感じられなかった。

不要だとは思ったが、一応九月二十七日と二十八日のアリバイを確認した。若者はスマートフォンを見ながら当日の行動を説明した。平日なので、仕事に出ていたようだ。

「こんなことはいっちゃいけないと思うけど」若者は躊躇いがちに続けた。「上辻さんを殺した犯人にだって、きっと言い分はあると思います。むしろ上辻さんのほうにこそ問題があったんじゃないかな」

上辻亮太が遺体で見つかったことは、最初に話してあった。そうしないと突っ込んだ質問ができないからだ。若者は驚いていたが、死を悼む言葉は口にしなかった。

事件に関して何か心当たりはないかと尋ねたが、若者は首を捻るだけだった。

「あの人のことだから、あちらこちらで衝突していたかもしれないけど、特にこれというものは思いつきません。そもそも何か月も会ってないから、最近のことなんて何も知らないです。本当にもう関わり合いになりたくなかったんです」切実な思いが伝わってくる口調だった。

「よくわかりました。ありがとうございました。御協力に感謝します」薫は頭を下げ、筆記具をバッグにしまった。若者のカップにはまだコーヒーが残っているようなので、「どうぞごゆっくり」といってテーブルに置かれた伝票を手にした。

若者と別れた直後、草薙から電話があった。見せたいものがあるからすぐに特捜本部に戻れ、という指示だった。

「何ですか、一体」

「それは見てのお楽しみだ」草薙の声は少し弾んでいる。何らかの収穫があったのかもしれない。

勿体ぶらなくてもいいじゃないかと思ったが、了解しました、と答えて電話を切った。

捜査が進むにつれ、上辻の特異な性格が次々に判明してきた。特に多くの者が口を揃えて指摘するのは二面性だった。自分のいいなりになる人間には優しく親切だが、少しでも逆らう者に対しては容赦なく責め立てる性格だったらしい。憎んでいた者は多かったかもしれないという意味の台詞（せりふ）を、薫は複数の人間から聞いていた。

島内園香に対するDVも、どうやら岡谷真紀の取り越し苦労ではなかったようだ。『いるかハイツ』で聞き込みをしてきた捜査員によれば、殆どの住人が知っていたらしい。隣に住む女性は三日に上げず怒鳴（どな）り声を聞いており、階下の老人は振動に悩まされていた。ただしどちらも注意も抗議もしていない。もちろん逆恨みされるのが怖いからだ。

「みんな、あの部屋の住人がいなくなってほっとしている様子だったな」聞き込みをしてきた捜査員は、声をひそめてそういった。

「島内園香の部屋から、この三冊が見つかった」

草薙が三冊の絵本を机に置いた。一番上の本の表紙には、青い空を背景に白い鳥が飛んでいる絵が描かれている。タイトルは、『ぼくは何?』となっていた。

「拝見します」薫は立ったまま、その絵本を手に取った。

ぱらぱらと読んでみたところ、卵から孵（かえ）ったばかりの白い小鳥が、自分の両親を捜す話だとわかった。ありがちな話だと思いつつ、続きを読んでみた。白い小鳥は、白鳥やアヒル、さらには鳩たちのところへ行く。しかしどこでも、「おまえは白鳥じゃない」、「アヒルとは違う」、

「鳩でもない」などといわれて追い返されてしまう。やがて彼の前に母親だと名乗る鳥が現れるが、何と彼女はカラスだった。じつは白い小鳥はアルビノ、つまり遺伝情報の欠損により先天的に色素が欠乏する個体だったのだ。ところがそれがオチではなかった。むしろ本筋はそこからで、主人公はそれまでずっと黒いカラスを嫌っていたので、その事実を受け入れるのに苦しむ、という内容だった。

絵本を机に置き、薫は首を傾げた。

「子供向けにしては難しすぎるような気がしますね」

「しかしネットでの評判は悪くない。難解なものを好む層もいるようだ」

薫は、もう一度表紙を見た。作者の名前は、『アサヒ・ナナ』となっていた。ほかの二冊の絵本も同じ作者だ。

「二十歳過ぎの女性が、同じ作者の絵本を三冊も後生大事にしているというのは、あまり自然なことじゃない」草薙がいった。「島内園香の母親が慕っていた『ナエさん』ってのは、この作者だと考えて間違いないんじゃないか」

「同感です。この作者についてもネットで検索したんですか」

「もちろんだ。だけど大した情報は得られなかった。それで出版社に捜査員を送って、担当編集者に当たらせている」

「私も調べていいですか」薫は自分のスマートフォンを取り出した。

「好きにしろ。無駄だと思うがな」

薫はスマートフォンを手早く操作した。『アサヒ・ナナ』と入れたら、すぐにいくつかの記事が見つかった。いずれも絵本の紹介だ。だが草薙のいうように、作者に関する詳しい情報は見当たらなかった。インターネットの百科事典を見ても、『絵本作者』と記されているだけで本名もわからない。

「やっぱりそうですね。顔写真すら見つかりません」

「だからそういっただろ」

草薙が上着の内ポケットからスマートフォンを出した。電話の着信があったらしく、耳に当てた。

「草薙だ。……そうか。連絡先もわかってるんだな。……固定電話か。……よし。担当編集者はそばにいるか？　……だったら、今すぐに電話をかけてもらってくれ。刑事が来ていることは伏せて、何か適当な用件をいってもらうんだ。部屋にいるかどうかを確認できればいい。よろしく頼む」

電話を切った後、草薙はそのままスマートフォンを操作した。メールを確認しているらしい。

「絵本作家の本名がわかった。マツナガナエさんだ。だからナエさんか。当たりだな。こういう字を書く」薫のほうに画面を向けてきた。『松永奈江』と表示されている。住所は豊島区のようだ。最寄り駅は西武池袋線の東長崎駅らしい。生年月日は『不明』とあり、『(たぶん七十歳ぐらい)』と付け足されていた。

スマートフォンが着信を告げた。草薙が電話に出る。

「どうだった?　……留守電にメッセージは残してもらったか?　……ほかに連絡方法は?　ケータイの番号は?　……そうか、わかった。御苦労だった」電話を切り、ため息をついた。「自宅の固定電話には出ず、留守電に切り替わったそうだ。とりあえず、連絡がほしいというメッセージは残したらしい。ふだん担当編集者は固定電話とメールでやりとりしているとかで、ケータイの番号は知らないようだ。さりげなく居場所を確認するメールも送ったそうだが、さてどうなるか」

「松永(まつなが)さんが島内園香さんを匿(かくま)っている可能性を考えるべきでしょうか」

「当然だ」草薙は腕時計を見てから立ち上がった。「出かける。おまえも一緒に来い」

「わかりました」薫は即答した。行き先は訊かなくてもわかっている。

松永奈江(なえ)が住むマンションは西武池袋線東長崎駅から徒歩数分のところにあった。目白通りに面した細長いビルだ。ワンフロアの部屋数は、せいぜい二戸か三戸だろう。独り暮らしを前提としたマンションだと思われた。

松永奈江の部屋は七〇二号室だ。薫がオートロック付きの共用玄関からインターホンを鳴らしたが、反応は返ってこない。

「応答なしか」

草薙は管理人室の窓に近づいた。定年退職を終えて約十年という感じの男性が、老眼鏡をかけて週刊誌を読んでいる。

「七〇二号室の松永さんを訪ねてきた者ですが、お留守のようなんです。いつ頃出ていかれたか、御存じありませんか」

管理人は鼻眼鏡越しに草薙を見上げた。

「さあねえ。出入りする人をずっと見張っているわけじゃないから」

「管理人さんは、何時から何時までここに？」

「午前九時から午後五時だけど……」

「防犯カメラの映像は何時にチェックを？」

「何時って……特に決まってるわけじゃないです。その都度ということで……」

「都度とは？」

「それは……何か問題が起きた時です」

「問題が発覚しなければ、カメラの映像はずっと見ないということですか」

「いや、そういうわけではないけれど、そんなに頻繁に見るものではなくて……」管理人の歯切れが悪くなった。本来は毎日映像を確認するきまりなのかもしれない。「おたく、どなた？」

「失礼、こういう者です」

草薙が上着の内側から警察のバッジを出すと、管理人の顔がひきつった。

「ある事件の捜査に関わることです。松永さんがマンションを出た日時を知りたいんです。防犯カメラの映像の保存期間は?」

「一応一か月ということになっておりますが、三か月分ぐらいはハードディスクに残してあります」

「だったら今すぐに映像をチェックしてください。松永さんの顔はわかりますね?」

「はあ、それはわかりますけど……。いつ頃でしょうか」

「今月の二日から二、三日の間だと思われます」

二日は園香が職場に電話で休職を申し出た日だ。

「ちょっと待ってください」

管理人は椅子を回転させ、横を向いた。パソコンを操作しているようだが、モニターは薫たちのほうからは見えない。

やがて、ありました、と管理人がいった。「二日の午前十一時過ぎです」

「見せてください」草薙の態度は、やや高圧的だ。警察バッジの威光が通用する相手だと踏んだのだろう。

管理人は窓口までノートパソコンを持ってきて、モニターを草薙のほうに向けた。画面に映っているのは、この共用玄関を見下ろした静止画で、一人の老婦人が通過するところだった。

薄い色のコートを羽織り、キャリーバッグを引いている。かなり大きなバッグで、長期旅行でも使えそうだ。

日時を示す数字によれば、二日の午前十一時十二分のようだ。

「この御婦人が松永さんということで間違いありませんね」草薙は管理人に確かめた。

「はい、松永さんです」

内海、と草薙がいった。「前後の映像を確認しろ」

わかりましたと答えると、薫は管理人に断ることなくパソコンのキーボードに手を伸ばした。管理人も黙っている。

確認したところ、松永奈江が通過した約五分後の午前十一時十七分に、島内園香が出ていくところが映っていた。パーカーにジーンズという出で立ちで、バックパックを背負い、大きな旅行バッグを提げていた。

「決まりだな。二人は行動を共にしている」草薙がいった。

薫はパソコンの操作を続けた。島内園香がマンションに来た日時を特定するためだった。管理人は何もいわずに見ている。

「係長、これを」薫は草薙に画面を見せた。島内園香がマンションに入ってきたところだ。日付は同じく二日で、時刻は午前九時二十五分だ。

「二日というのは、島内園香が電話で休職を願い出た日だな。その後、彼女はここへ来た」

「そして二人で出かけ、そのまま消息を絶ったということです」

草薙は少し考える様子を見せた後、管理人のほうを向いた。「捜査に御協力をお願いします」

「な……何でしょうか」

「七〇二号室の松永さんは、重大な事件に関わっている可能性があります。今すぐに室内を確かめさせてください」

だがさすがに警察バッジの神通力にも限界があるようで、管理人は驚いた顔でかぶりを振った。

「それはできません。本人の許可を取らないと」

「だったら今すぐに連絡してください」

管理人は何かのファイルを開き、書類を眺めていたが、やがて浮かない顔を上げた。

「だめです。連絡先は自宅の固定電話だけです」

「緊急の連絡先があるでしょう。本人が捕まらない場合に連絡するところが」

「いや、それが」管理人は書類を示した。「消されています。以前は親戚の人だったようですが、亡くなったらしいです」

「じゃあ、事故があった場合にはどうするんですか。水漏れとか」

「その場合はマンションの所有者と相談して決めます」

草薙が苦い顔で舌打ちした時、着信があったようだ。内ポケットからスマートフォンを取り出した。

「俺だ。……何？　……返信があったのか。わかった、ちょうどいい。担当編集者から直に話を聞きたい。段取りをつけてくれ。……これからすぐがいい。……大丈夫だ。内海と二人で行く。……よろしく頼む」

電話を切ると、行くぞといって出口に向かって歩きだした。管理人には礼の一つもいわない。横柄なのではなく、気が急いているのだと薫は察した。

マンションを出てから約一時間後、薫たちは出版社の応接室で、松永奈江を担当している藤崎という女性編集者と会っていた。

「さっきいらっしゃった刑事さんから、アサヒさんに居場所を確認するメールを送ってくださいといわれたものですから、こういう文面で送りました」そういって藤崎編集者は自分のスマートフォンを差し出した。

草薙の横から薫も覗き込んだ。文面は、次のようなものだった。

『藤崎です。いつもお世話になっております。

先程お電話したのですが、お留守のようでしたのでメールにて失礼いたします。

ファンだという方から、アサヒさん宛てにプレゼントが送られてきております。

念のために開封させていただきましたが、特に問題はないようです。

このまま御自宅にお送りしていいでしょうか。

もし現在御自宅以外のところにいらっしゃるのでしたら、

そちらに送ることも可能ですので、御指示いただけますと幸いです。

よろしくお願いいいたします。』

草薙は顔を上げ、口元を緩めた。

「ファンからのプレゼントか。なかなか上手い理由を思いつかれましたね」

だが藤崎編集者は憂鬱そうな顔でため息をついた。

「私としては嘘をつきたくないんですけど、アサヒさんが事件に巻き込まれているおそれがあると聞きましたから仕方なく……。でも一段落したら正直に打ち明けて、謝るつもりです」

「すみません。御協力に感謝いたします」

草薙が頭を下げたので、薫も倣った。

「それで返信メールが届いたと聞いたのですが」

はい、と藤崎編集者はスマートフォンを操作し、もう一度草薙に見せた。

「こういう内容でした」

再び薫は首を伸ばした。メールは長いものではなかった。

『メール拝受いたしました。

ふと思いつき、独り旅に出ています。

あちこち回るつもりで、滞在地は特に決めておりません。日程も未定です。

お手数ですが、荷物はしばらく預かっておいてください。

よろしくお願いいたします。

アサヒ・ナナ』

「独り旅か……」草薙は呟いた。「松永さん……アサヒさんは、よくそういう旅に出られるのですか」

「よくというほどではないですけど、たまに出かけられます」

「お気に入りの土地とかはないんですか。贔屓(ひいき)にしている旅館とか」

さあ、と藤崎編集者は首を傾げた。

「温泉地がお好きなようですけど、特にここ、という場所があるわけではなさそうです」

草薙は頷き、眉間(みけん)を掻いた。

「島内園香という名前を聞いたことはないですか。若い女性です。——内海、写真を」

薫はスマートフォンを出すと岡谷真紀から受け取った画像を表示させ、藤崎編集者に見せた。

「左の女性です」

「しまうち……さん?」藤崎編集者は画像を見つめた後、首を横に振った。「知りません。そういう名前をアサヒさんから聞いた覚えもありません」

「そうですか」

草薙の目配せを受け、薫はスマートフォンを引っ込めた。

「アサヒさんが親しくしていた方に心当たりはないですか。同業者とか、遊び仲間とか」草薙は粘り強く質問を続ける。

「あの方は、ほかの作家さんとの深い繋がりはないと思います。遊び仲間というのも、特にはいないんじゃないでしょうか。元来、人付き合いの少ない方なんです。こういっては変かもしれませんが、私が一番親しい人間かもしれません。買い物などに誘われることもありますし」

色よい回答が返ってこず、草薙が吐息を漏らす気配があった。

「わかりました。では改めて伺いますが、アサヒさんというのはどういう方ですか。比較的御高齢だと聞きましたが、絵本作家としてのキャリアも長いんでしょうか」

「いいえ、本格的にデビューされてからは、まだ十年ほどだと思います。御主人が亡くなられたのを機に趣味で絵本を描かれるようになって、たまたまコンクールに応募した作品が受賞したのでプロになられたんです」

「なるほど、第二の人生というわけだ」

「第二……いえ、アサヒさんの場合は第三か第四の人生かもしれません」

「どういうことですか」

「若い頃から、かなりいろいろと苦労されたみたいです。私は男運がないの、とおっしゃったことがあります。亡くなった御主人も二人目で、最初の旦那さんとはたった二年で離婚されたとか。酒乱だったそうです。そういう様々な経験を絵本に生かしていると聞いたこともあります」

「様々な経験ねえ。そういえば、作品をいくつか拝見しましたが、変わった内容が多いですね。白いカラスの話なんかも興味深かった。アルビノなんて、子供に理解できるんでしょうか」

「あれは私が担当した作品です。変わった作品ですよね。でも案外人気があるんです」

「そうらしいですね。驚きました」

「アサヒさんは、ほかの作家さんが手を出さない題材を扱うのがお得意なんです。特に科学ものが多いですね」

「科学もの？」

「たとえばこれなんかもそうです」

藤崎編集者は傍らに置いていた何冊かの絵本から一冊を選び、草薙の前に置いた。表紙に描かれているのは、赤い帽子を被ったかわいい女の子だ。帽子にはアルファベットの『N』の文字が入っている。タイトルは、『ひとりぼっちのモノポちゃん』だ。

「扱っている題材はモノポールです」

藤崎編集者の言葉に、「何ですって？」と草薙は訊いた。薫はどこかで聞いたことがあるような気がしたが、思い出せなかった。

「この絵本の世界では、赤ん坊には生まれる前からペアになる相手が決まっていて、生まれるとすぐにその相手と出会い、手を繋ぎます。そのペアは生涯変わらず、どんな時でも繋いだ手を決して離しません。二人は同じ病気になり、怪我をしたら同じ苦痛を感じます。死ぬ時も一緒です。男の子は『S』の字が入った青い帽子を、女の子は『N』の字が入った赤い帽子を被っています。SとNで気づかれたと思いますが、磁石を擬人化しているのです」

「ああ、磁石か」草薙は納得した声を発した。

「磁石というのは、必ずSとNがありますよね。ところがSのみ、あるいはNのみというものが存在するかもしれないんだそうです。それを物理学の世界ではモノポールと呼ぶとか。現実にはまだ見つかっていないみたいですけど、そういう存在を主人公にしたら面白いものになるんじゃないかと考えて、アサヒさんはこれをお描きになったんです」

「へええ、よくそんな変わった題材が見つかるもんだな」

「作品を描くにあたり、いろいろと勉強もされました。私もお手伝いしました。最後のページには参考文献も記されています。絵本には珍しいことです」

草薙は絵本の最終ページを開いた。その横顔は明らかに関心が薄そうだった。ところがその部分に視線を向けた瞬間、ぎょっとしたように目を見開いた。

「この参考文献をお読みになったのですか」草薙が訊いた。声に緊張感が滲んでいる。

「読んだ上で、著者の方に質問状を書いておられましたけど、それが何か?」藤崎編集者も怪訝そうにしている。

薫は草薙の手元を見た。参考文献の欄が目に入った。そこには、『さんこうにした本』とあり、次のように記されていた。

『もしもモノポールと出会えたなら』湯川学（帝都大学）著――。

6

横須賀インターチェンジを出て、高台に造成されたニュータウンを通り過ぎた後は、曲がりくねった坂道をひたすら下っていった。間もなく小さな駅前商店街に出たが、そこも通過する。この地域のメイン道路である国道一六号線を越えたところに、目的のマンションはあった。来客用のコインパーキングに車を止め、草薙は紙袋を手にマンションの玄関に向かった。ここへ来るのは初めてだ。白い建物は真新しく見えるが、築二十年近くになるらしい。

共用玄関から目的の部屋のインターホンを鳴らした。

スピーカーから何らかの応答が聞こえるかと思ったが、すぐにオートロックのドアが開いた。モニターで草薙の姿を確認したからだろう。

広々としたエントランスホールを横切り、エレベータに乗った。十二階を押す。部屋は一二〇五号室だ。

十二階に着くと部屋番号を確認しながら内廊下を進んだ。一二〇五号室は角部屋のようだった。表札に『湯川晋一郎』とあるのを確かめてからチャイムを鳴らした。

解錠される音がして、ドアが開いた。

「ようこそ、横須賀へ」湯川学が薄い笑みを浮かべている。

「すまんな。急に押しかけてきて」

「気にしなくていい。電話でもいったが、やることもなく、話し相手もいなくて、退屈していたところだ」

「話し相手がいない？」草薙は部屋の奥を気にした。「御両親がいらっしゃるじゃないか」

「話すのが楽しい相手はいないという意味だ。まあ、入ってくれ」

「じゃあ、失礼して。ああそうだ、忘れないうちにこれを渡しておく」草薙は提げていた紙袋から細長い箱を取り出した。

湯川は眉根（まゆね）を寄せた。「手土産なんかいいといっただろ」

「友人の両親宅にお邪魔するのに、手ぶらというわけにはいかない。残念ながら『オーパス・ワン』じゃないが、不味くはないはずだ」

「ワインなら何でも大歓迎だ。せっかくだから遠慮なくいただいておこう」

リビングルームに案内された。ソファに一人の老人が座っている。お父さん、と湯川が声をかけた。「友人の草薙が来てくれました」

老人がソファから立ち上がり、近づいてきた。白髪の小柄な人物だが、背筋をぴんと伸ばした姿勢は若々しい。

湯川が振り返った。

「うちの父だ。一度会ったことがあるはずだが、覚えてないかな」

「いや、覚えている。おまえの卒業研究発表会でお会いした。——お久しぶりです」草薙は白髪の老人に頭を下げた。

「単なる卒業研究発表会ではなく、正確には優秀卒業研究発表会です」湯川晋一郎（しんいちろう）がそういって目を細めた。

「そうでしたね。失礼しました」

「謝らなくていい。些細なことだ」湯川が顔をしかめた。

「いやあ、そんなことはない」老人は不満そうに唇を尖らせた。「形だけの卒研発表とはわけが違う。帝都大の優秀卒研会の壇上に立てるのは全体の一割以下。私も経験したからよくわかるが、あれに選ばれるには相当に注目される研究内容でないと教授からの推薦が得られず——」

わかったわかった、と湯川が面倒臭そうに繰り返した。

「よくわかったから、その話はそこまでにしてください。草薙が折り入って僕に話があるそうなんです。すみませんが、少しの間、席を外してもらえますか」

話を途中で遮（さえぎ）られて晋一郎は不満そうだったが、そうか、といって頷（うなず）いた。

「そういうことなら仕方ないな。草薙さん、どうかゆっくりしていってください。狭い部屋で父親と息子が一日中顔をつきあわせていても、楽しくも何ともありませんからね」

晋一郎が出ていくのを見届けてから、湯川は吐息を漏らした。

「このところ、ずっとあの調子だ。年々、偏屈になる」

草薙は苦笑した。この友人自体、相当の偏屈者だと思っているからだ。

「でもお元気そうで何よりだ。卒業前にお会いした時と、あまり変わっておられない」

「頼むから、そんなお世辞を本人の前ではいわないでくれよ。図に乗るからな」

湯川がソファを勧めてくれたので、草薙は腰を落ち着かせた。湯川は隣のキッチンに入っていく。コーヒーの香りが漂ってくることには先程から気づいていた。

草薙は室内を見回した。大きなガラス戸の向こうはバルコニーで、その先には海が眺められた。軍港に艦艇が何隻か浮かんでいる。

海の見えるマンションで余生を送る——言葉で聞いただけだと、じつに優雅な老後だと感じる。だが実際には、そんな甘いものではないようだった。

帝都大学の優秀卒業研究発表会は、湯川晋一郎がいったように、卒業研究の中から特に優秀なものだけを発表する催しだ。大学関係者なら誰でも聞きに行けるということなので、バドミントン部の仲間たちと冷やかしで行ってみた。湯川が発表した『磁界歯車』なるものの内容はさっぱりわからなかったが、収穫はあった。彼の両親が会場に来ていたのだ。発表が終わった後に挨拶した。湯川は不本意そうだったが、草薙は嬉しかった。彼の家族については、殆ど知らされていなかったからだ。

あれから三十年ほどが経った。遠い昔のことだ。

湯川がトレイにマグカップを載せて戻ってきた。白い清潔そうなカップだ。

「砂糖やミルクはいらなかったな」

「ブラックで結構だ。その香りから察するとインスタントではなさそうだな。俺が来る頃だと思って、淹れておいてくれたのか。なかなか気が利くじゃないか」

「僕が飲みたくなったタイミングで君が来ただけだ」

「ああ、そうかい」

湯川が先程まで父親が座っていた場所に腰を下ろすのを見て、草薙はマグカップに手を伸ばした。

「で、お母さんの具合はどうなんだ?」

コーヒーを一口啜(すす)ってから草薙が問うと、湯川は小さく肩を上下させた。

「緩やかに、しかし確実に病状は進行している。そばにいてあれこれと世話を焼いてくれる老人が自分の夫だとは認識できていないらしく、いちいち他人行儀な礼をいっている。ところが不思議なことに、これまでたまにしか顔を見せなかった息子の顔はわかっているようだ。人間の脳というのは、本当に不思議だ」

淡々と語る湯川の口調から深刻さは感じられない。だが事態は楽観できるものではないはずだった。

用があるので会いたいと湯川に連絡したのは、昨日の夜だ。てっきり自宅か大学にいるものだと思っていたら、横須賀の両親宅だという。しかもたまたま会いに来ているのではなく、しばらく滞在していると聞き、驚いた。

医者だった父親が引退するのを機に、両親は自宅を処分して海の見えるマンションで余生を送っていたが、数年前から兆候のあった母親の認知症が、足を骨折して歩けなくなったのをきっかけに急速に悪化した。彼女の世話は父親がしていたが、どうやら一人では手に余っている様子なので応援に出向くことにした、というのが湯川の説明だった。

「おまえもこの部屋に寝泊まりしているのか」

「仕方なくね。父の書斎に簡易ベッドを持ち込んだ」

「大変だな。大学の仕事はどうしてるんだ？」

「それは何とかなる。講義も学生の指導もリモートで可能だ。教授になってからは、自分の手で実験することも殆どなくなったしね」他人事のようにいった湯川の表情が、草薙の目には少し寂しげに映った。現役を退く心の準備でもしているのだろうか、と考えた。

「いつまでここにいるんだ？」

「その質問に答えるのはなかなか難しい。母が生きているかぎりといいたいところだが、それがいつなのかは誰にもわからず、結論を先延ばしにしている状態だ。父は強がって、自分一人でも母の世話はできるというが、僕が見るかぎり、とても無理だ。元医者ではあるが、介護に関しては素人といっていい。オムツを取り替える手際もよくない」

「その言い方から察すると、おまえが取り替えることもあるのか」

「もちろんだ。そのために滞在している」何でもないことのように、さらりと答えた。

「へえ……」

この偏屈な物理学者が母親のオムツを交換している――まるで想像がつかず当惑した。

「どうかしたか？」

「いや……介護サービスとかを使うことは考えてないのか。施設に入ってもらうとか」

「必要に応じてサービスは利用しているが、施設に入れる考えは父にはないようだ。この問題は他人の手を借りずに解決したいと思っているらしい。その希望は尊重してやりたい」

「そうか。それはたしかに難しい問題だな」

草薙は、友人の今まで全く知らなかった一面を見た気分だった。ここまで家族愛に拘る人間だとは思っていなかった。

「そんな時に厄介な話を聞かせるのは気が引けるんだが……」

そこまで草薙が話したところで湯川は手を横に振った。

「以前なら迷惑がっていたところだが、今は状況が違う。研究で手一杯なわけではなく、母親の世話があるので動きにくいだけだ。一日に何度か父が助太刀を要請してくるが、それ以外は出番がなく、待機中というわけだ。ある意味、退屈極まりない生活でね、刺激的な問題があるのなら前向きに話を聞こう」

「それを聞いて安心したが、おまえにとって刺激的かどうかはわからない。じつはこれのことだ」

草薙は提げてきた鞄から一冊の絵本を出し、湯川の前に置いた。例の『ひとりぼっちのモノポちゃん』だ。

金縁眼鏡の向こうで、物理学者の目が見開かれた。湯川は絵本を手に取ると、表紙をじっと見つめている。

「心当たりがあるようだな」

「まあね。研究室を漁れば、何年か前に献本されたものが見つかるはずだ」

「最終ページにおまえの名前が載っている」

湯川は最後のページを開け、自分の著作と名前を確認してから頷いた後、本を閉じてテーブルに戻した。「この絵本がどうかしたのか?」

「現在捜査中の事件に、その絵本の作家が関与している疑いがある。ところが行方を摑めず、捜しているところだ」

「これの作者が?」湯川の視線が再び絵本に注がれた。『アサヒ・ナナ』という作者名を見ているようだ。「殺人事件の容疑者なのか?」

「それはまだわからない。だが重要参考人と行動を共にしているのは、まず間違いない」

「その重要参考人が逃亡中なのか」

「逃亡かどうかはまだ確定していないが、そう考えるのが妥当だろうな」

湯川は眉間に皺(しわ)を寄せた。

「何だ、それは。ずいぶんとわかりにくい話だな」

「おまえが不審がるのも無理はない。たしかに少々込み入った話ではあるんだ」

草薙は遺体発見から身元の特定、そして同居女性が行方をくらましていることなどを手短に、ただし肝心な部分はなるべく割愛(かつあい)せずに説明した。

「というわけで、俺たちが追っているのは島内園香という女性なんだが、その行方を突き止めるには、一緒にいると思われるアサヒ・ナナという絵本作家のことを調べるのが早道だろうってことになった。ところがこの女性、いろいろと謎が多すぎて、行方を推察する材料が何もない。一番親しい担当編集者でさえ、プライベートなことはあまり知らない様子だった。どうしたものかと途方に暮れた結果、どんなに細い糸でもいいから、とにかくこの絵本作家に繋がるものを辿っていくしかないと考えた次第だ」

「それで絵本の参考図書の著者である僕のところに来たってことか。それはまたずいぶんと細い糸をあてにしたものだな。蜘蛛(くも)の糸よりもまだ細い」

「蜘蛛の糸は案外頑丈だと以前おまえから聞いたことがあるぜ。それに担当の藤崎さんによれば、おまえは何度かメールでやりとりしたそうじゃないか。人付き合いの少ないアサヒさんにしては珍しいことだとおっしゃってたぞ」

「先方からの質問に答えただけだ。モノポールに関心を持つ人なんて少ないし、ましてやそれを題材に子供向けの絵本を描くなんて話を聞かされたら、こちらとしてもいい加減な対応をするわけにはいかないからな」

「その時のメール、まだ残ってるか？」

「どうかな。五年ぐらい前だが、削除した覚えはないから、古いパソコンの中を捜せば見つかるかもしれない」

「じゃあ、捜しておいてくれないか。で、見つかったら連絡をくれるってことでどうだ」

「そのメールを捜査資料にする気か？　いっておくが私文書だぞ」

「見せろとはいわない。捜査の足しになりそうなものがあれば教えてくれといってるんだ」

「捜査に役立つかどうかは僕が判断していいんだな」

「仕方がない。おまえがいうように私文書だからな」

「わかった。学生にいって、パソコンをこちらに送らせよう。たぶん捜査に役立つようなものは何ひとつ見つからないと思うがね」

「それは覚悟している。面倒なことを頼んで申し訳ないが、よろしく頼む」

湯川は、ふんと鼻を鳴らした。

「昔、君から持ちかけられた数々の相談事に比べればお安い御用だ」

「松永奈江と直に会ったことはあるのか」

湯川はマグカップを口元に運びかけていた手を止めた。「まつなが？」

「松永奈江、アサヒ・ナナの本名だ。知らなかったのか」

「初めて知った。ふうん、そういう名前なのか。マツナガナエ、ねえ……」湯川は悠然(ゆうぜん)とした
しぐさでコーヒーを啜った。

「で、どうなんだ。会ったことはあるのか」

「いや、ない。メールだけだ」

「メールのやりとりをしたのは、その時だけか」

「概(おおむ)ね、そうだ。やりとりといえるほどの親密な交流はない」

「概ね？　その言い方から察すると、全く没交渉というわけではなさそうだな」

「新作が送られてくることがあるので、その際にはお礼のメールをこちらから出している」

「新作？　絵本の？」

「もちろんそうだ。絵本作家だからな。たぶん献本リストに僕の名前が入ったままなんだろう。

もう送ってくれなくていいと断るのも失礼なので、ありがたく受け取っている」

草薙は湯川のすました顔を見つめた。「絵本を読んでるのか、おまえが？」

「せっかくなので、ぱらぱらと目を通す程度のことはしている。その後は子供のいる知り合い

などにあげている」

「あれは読んだか、白いカラスの話」

「アルビノか」湯川は頷いた。「絵本にしては斬新な切り口で、なかなか興味深かった」

目を通しているというのは本当らしい。意外と律儀なところがあるようだ。

「湯川、頼みがある。おまえから松永奈江にメールを出してくれないか」

「僕から？　どんなメールを出すんだ？」

「内容は任せる。今もいったように、行方が摑めなくて困ってるんだ。現在どこで何をしているか、さりげなく尋ねてくれると助かる」

湯川はソファに座ったまま、肩をすくめた。

「僕の話を聞いてなかったのか。新作を送ってもらった時にお礼のメールを出すだけだといっただろ。その程度の付き合いしかない人間が急に近況を尋ねたりしたら、一体何事かと不審に思われるだけだ」

「だからそこは何とか工夫するんだ。たとえば、こういうふうにだ。今度、物理学の面白さを子供たちに教えるイベントがあり、手伝うことになった。イラストを使ったらいいと思うので、相談に乗ってほしい。近々、どこかで会えないか——どうだ、不自然さを感じさせなくて悪くないだろ？」

話を聞き、湯川は冷めた視線を草薙に向けてきた。

「そのアイデアは、たった今思いついたというわけではなさそうだな。捜査本部で練ってきたか。大方、内海君あたりが捻りだしたアイデアだろう」

鋭い指摘に草薙は苦笑した。図星だった。

「まあ、そんなところだ。で、どうだ？　やってくれないか」

「断る」湯川の返答は素っ気なかった。

草薙は眉根を寄せた。「どうして？」

「そんな嘘メールを送るなんて、良心が許さない」

「硬いことをいうなよ。事件解決のためだ。協力してほしい」

「藤崎さんといったっけ、その担当編集者に頼んだらいいじゃないか。至急会う必要があるとか何とか連絡してもらったらいい」

「それは考えたが、藤崎さんによれば、至急本人に会わなきゃいけない理由なんて思いつかないし、そもそもそんなケースはこれまでに一度もなかったそうだ。それなのに急にそんな連絡をしたら、警察が裏で糸を引いてるとばれるおそれがある。その点、おまえなら疑われる可能性は低い。まさか警察と繋がりがあるとは思わないだろうからな」

湯川は、うんざりしたように唇を歪めた。

「君たちにとって僕が都合のいい存在だということは理解したが、引き受けるわけにはいかない。アサヒさんが容疑者だというのなら話は別だが」

「重要参考人と一緒に行動しているんだ。限りなく容疑者に近いといえる。むしろ俺は松永奈江のほうが殺人の実行犯じゃないかとさえ考えてるんだ」

「動機は？」

「もちろん、島内園香を上辻のDVから守るためだ。さっき話したように松永奈江は園香の母親を娘のようにかわいがっていたそうだから、園香は孫娘同様の存在ということになる。かわいい孫娘がひどい目に遭わされているとなれば、助けようと思うのがふつうだ。そこで上辻の殺害を計画したが、奴が不審な死に方をすれば必ず園香が疑われる。だから園香には京都旅行というアリバイを作らせておいたというわけだ」

湯川はマグカップを手にし、頭をゆらゆらと揺らした。

「アサヒさんがどういう人間かを知りもしないで、よくそれだけの妄想を働かせたものだな。さすがは刑事だ」

「仮説だよ。おまえの大好きな仮説ってやつだ」

湯川はハエを払うように手を振った。

「仮説というのは、少なくとも論理的には筋が通っていなければならない。だが君が今いった話には矛盾がある」

「どんな矛盾だ？」

「園香さんにはアリバイはあるのだから逃走する必要がない。そして彼女が逃走しなければ、君たちがアサヒさんに目を付けることもなかった。違うか？」

「だからそれは計画に何らかの誤算が生じたんじゃないか」

「どんな誤算だ？」

「それはわからんが……」

「そら見ろ、穴だらけじゃないか。そんなものは仮説とはいわない。やっぱり妄想だ」

草薙は顔をしかめ、こめかみを掻きながら友人を見た。

「松永奈江が容疑者だという根拠があればいいんだな」

「その場合は考えてやってもいい。ただし、こじつけは認めないぞ」

「わかっている。おまえをごまかせるとは思っちゃいない」

「それから、その根拠が見つからないうちはアサヒさん――じゃなくて松永さんか。あの人を呼び捨てにするな」

「……ああ、いいだろう」草薙はコーヒーを飲み干すと腕時計を見た。「ここらで失礼しよう。お父さんに、もう一度御挨拶しておきたいんだが」

「じゃあ、呼んでこよう」湯川が立ち上がった。

「いや、俺が部屋に行くのはまずいかな」

草薙の言葉に、ドアに向かいかけていた湯川が振り返った。「寝室に？」

「うん。つまり、その……お母さんにも御挨拶しておきたいと思って。無理なら諦めるが」

湯川は目を伏せ、少し思案する表情を見せてから草薙を見た。「君が嫌でなければ」

「俺が挨拶したいといってるんだ」

「わかった。じゃあ、一緒に来てくれ」

リビングルームを出ると、すぐ隣のドアを湯川はノックした。どうぞ、という晋一郎の声を聞き、湯川はドアを開け、中へ入っていった。二言三言、話しているのが草薙にも聞こえた。内容まではわからない。

やがて湯川が顔を覗かせ、黙って頷きかけてきた。

失礼します、といってから草薙は室内に足を踏み入れた。

そこは明るい寝室だった。壁際にベッドが二つ並んでいて、窓から差し込む光がカラフルなベッドカバーを照らしている。その窓のそばには車椅子が置かれ、痩せた老婦人が海を眺めるように座っていた。晋一郎は少し離れた椅子に腰掛けている。サイドテーブルに文庫本が置いてあるところを見ると読書中だったようだ。

「お寛(くつろ)ぎ中のところ、お邪魔いたしました」草薙は晋一郎に向かっていった。

「大事な用件は済みましたか」

「はい、ひとまず今日のところは」

「それはよかった。またいつでもいらしてください。この男に露骨に退屈そうな顔をされていると、こっちまで気が滅入りますから」そういって晋一郎は息子を見上げた。

湯川は車椅子に近づき、老婦人の肩に手を置くと、おかあさん、と呼びかけた。

「草薙が来てくれました。大学のバドミントン部で一緒だった草薙です」

老婦人の顔がゆっくりと巡らされた。穏やかな表情を浮かべている。

「お久しぶりです。草薙です」

しかし老婦人の表情に変化はない。視点も定まってはおらず、草薙の顔を見ているようには思えなかった。

湯川は母親の肩をぽんぽんと二度叩いた。すると彼女はまた窓のほうを向いた。

寝室を出ると一階まで送ろうと湯川がいった。

「おまえが御両親と一緒にいるのを見て、何だか奇妙な感じがした。家庭とか家族とは無縁の人間だと思っていたからな」エレベータの中で草薙はいった。

「誰にだって親はいる。白いカラスにいたように」

「それはそうなんだが……」

一階に着くとエントランスホールの途中で湯川が立ち止まった。

「草薙、さっきの件だが少し考えさせてくれ」

「さっきの件？」

「偽メールを書く気はないが、別の形でなら捜査に協力できるかもしれない」

意外な言葉に驚き、草薙は旧友の顔を正面から見つめた。

「どんなふうに協力してくれるんだ」

「それは改めて話す。会えてよかった。気をつけて帰ってくれ」そういうと湯川はくるりと背を向けた。

「いや、ちょっと待てよ。おい、湯川っ」

草薙の呼び止める声が耳に届いていないわけがなかったが、湯川は立ち止まることも振り向くこともなく、エレベータホールへと消えていった。

7

薫が手渡した写真を手にし、青山店長は首を傾げた。

「いえ、違うと思います。こういう人ではなかったです」

「たしかですか。こちらの写真だとどうでしょうか。角度によって印象も変わると思うのですが」

別の写真を渡してみたが、それを見ても青山店長の表情は浮かないままだった。

「違います。角度とかの問題じゃなくて、全然タイプが別でした。前にもいいましたけど、もっと派手で華やかな雰囲気のある方だったんです」

「そうですか……」薫は手渡した二枚の写真を受け取った。正確にいえば写真ではなく、動画からプリントアウトしたものだ。

上野の生花店に来ていた。松永奈江がマンションを出ていく模様を捉えた画像を青山店長に見せ、園香を訪ねてきた老婦人と同一かどうかを確かめるためだったが、どうやら当てが外れたようだ。

薫は礼をいい、生花店を後にした。

特捜本部に戻ると、草薙に報告した。

「そうか。花屋を訪ねてきた老婦人が松永奈江じゃないのなら、そのことは一旦忘れてもいいだろう。御苦労だった。ひと息入れろ。俺もコーヒーを飲む。ついでに土産話を聞かせてやる」

「土産話？」

「湯川に会ってきたんだ」

「それは是非お聞きしたいですね」

特捜本部の隅に置かれた会議机に移動し、ポットに入ったコーヒーを紙コップに注ぎ、向き合って座った。

湯川の両親が住む横須賀のマンションでの話を一通り聞くと、薫は紙コップを置いて草薙の顔を見返した。

「それ、本当に湯川先生の話ですか」

「そうだ。そうでなかったら、誰の話をしてるというんだ」

「いえ、あまりにもイメージが違うので」そういってから薫は首を捻った。「違う、というのも的確ではないですね。あの方が御家族と一緒にいるところなんかイメージしたことがない、というのが正確かもしれません。でも実際にはお母さんの介護を手伝うために御両親のマンションで寝泊まりしているだなんて……」紙コップを持ち上げ、薄い味のコーヒーを飲んだ。

「内海のいっていることはよくわかる。俺も同感だ。あいつは昔からそうだった。秘密主義というのか、とにかく自分のプライバシーを話そうとしなかった。俺なんか学生時代に四年間も部活で一緒だったというのに、あいつに六年越しの彼女がいたことを知ったのは卒業してからだ。しかも知った時には、もう別れていた。だから彼女を紹介してもらってないし、写真も捨てたというから顔さえ見ていない」

「六年？　恋人？」薫は目を剝いていた。「何ですか、それ。初耳です。係長、どうして今まで教えてくれなかったんですか」

「どうしてって、話す機会がなかったからだ。というより、今まで忘れていた。俺自身、思い出すきっかけがなかった」

「六年って、すごいじゃないですか。高校時代からってことになります」

「たしか高校二年の時のクラスメートだといってたんじゃなかったかな」

「湯川先生の出身高校は、エリート揃いの統和高校でしたよね。レールガン事件の時に知りました。へえ、あの学校の同級生とねえ」

薫は湯川の高校生時代の姿を想像しようとしたが、全く思い描けなかった。

「話が横道にそれたが、そういうわけで湯川は今、いろいろと大変そうだった。しかし俺たちにとってあいつは松永奈江に繋がる数少ない糸だ。当初の予定通り、メールを出してほしいと頼んでみた」

「で、どうでした？」

「あっさりと断られた」

薫はため息をついた。「やっぱり。そうじゃないかと思いました」

「容疑者だと決まったわけでもない人間を騙すのは嫌だってさ」

「先生なら、そうおっしゃるでしょうね」

「ところが俺が帰る頃になって、急に雲行きが変わったんだ」

草薙によれば、別の形で捜査に協力できるかもしれないといいだしたらしい。

「あいつのいう、別の形で、というのがどういうことを意味するのかはわからないが、何らかの考えがあるのはたしかなようだ。だからあいつが急に何か変なことをいいだしてきても、すぐに対応できるようしっかり準備しておいてくれ」

「準備？　私が……ですか」

「当然だろ。あいつの気まぐれな行動に臨機応変に対応できるのは、俺を除けばおまえしかいないからな」

「それ、褒め言葉と受け取っていいんですよね」

「もちろんだ」

草薙が真面目な顔で顎を引いた時、岸谷がファイルを手に、駆け寄ってきた。

「上辻がスマホで発信した相手の身元がいくつか判明しました」そういってファイルを草薙に渡した。

電話会社から開示された発信履歴をもとに調べたらしい。「上辻が最後に電話を使ったのは先月の二十七日ですが、発信先は足立区のレンタカー店でした。午後一時過ぎにかけています。おそらくレンタカーを予約したのでしょう。二十七日にかけたのは、この一件だけでした。そこで現在、前日の二十六日以前の発信先について調べているところです。すると身元が判明した人物の中に一人、もしかすると係長が御存じかもしれないと思われる人物が見つかりまして」

「俺が？　どんな人間だ」草薙は眉間に皺を寄せ、ファイルを開いた。

この人です、といって岸谷が横から開いたファイルの一点を指差した。

怪訝そうにその部分を見つめた草薙の目元が、次の瞬間、ぴくぴくと動いた。

「おっ、この人は……」

「やはり御存じでしたか。身元を調べてきた連中の話を聞いて、もしかするとそうじゃないかなと思ったんです。係長はあの手の業界で、かなりお顔が広いですから」

「そんなことはない。俺なんかまだまだだ」

「でもこの方なら御存じなわけですね」

「挨拶程度なら交わしたことがある。わかった。そういうことなら、この人には俺が当たってみよう」

「そうしていただけると助かります」

「少しでも顔見知りのほうが捜査に協力してもらいやすいからな。忙しいが、仕方がないだろう」草薙はファイルを岸谷に返して腰を上げ、立ち去っていく。その後ろ姿は、どことなく浮き立って見える。

「係長のお知り合いって？」薫は岸谷に訊いた。

先輩刑事は意味ありげな笑みを浮かべてファイルを開いた。彼が指差したところには、『根岸秀美』という名前と中央区勝どきの住所、そしてその横には、『銀座　VOWM経営者兼ママ』とあった。

「ああ、なるほど……」

草薙のクラブ好きは本庁内でも有名だ。

「『ボウム』と聞いて、ぴんときたんだ。以前係長が、そういう名の店について話してたことがあったなと」

「さすがは主任」

先輩刑事をおだてたところで薫のスマートフォンに着信があった。液晶画面を見て、思わず、あっと声を漏らした。湯川先生、と表示されていたからだ。

その場を離れながら薫は電話に出た。

「内海です。御無沙汰しています、湯川先生」

「久しぶりに草薙から連絡があったと思ったら、またしても面倒なことを頼まれた」

「申し訳ありません。どうしても先生のお力が必要で」

「草薙にもいったが、さほど付き合いのない相手に突然嘘のメールを出すなんて、そんな失礼なことはできない」

「先生のお気持ちはよくわかります。係長も心苦しかったと申しております」

「あいつが？　信憑性はないが、まあそういうことにしておこう」

「係長に代わりましょうか」

「その必要はない。五年前にアサヒさんとやりとりしたメールは見つかったが、モノポールに関する基本的な質問に答えただけで、今度の事件に関わりそうなものではなかったと伝えてくれればいい」

「そのメールを見せていただくことはできないわけですか」

「当然だ。私文書だからな。だけどメールを読んでいるうちに、やはり気になってきた。曲がりなりにも絵本の創作に協力した相手が殺人事件に絡んでいるかもしれない、もしかすると容疑者かもしれないとなれば、黙って成り行きを見守っているだけでは落ち着かない。アサヒさんについて、少し調べてみようと思った次第だ」

「わかりました。私にできることがあれば、何なりとおっしゃってください」

「では早速お願いしよう。アサヒさんを慕っていたという女性について、詳細を知りたい」

「失踪中の島内園香さんのことですね」

「そうじゃない」湯川はいった。「その女性の母親についてだ」

8

「『あさかげ園』……か。朝の影なんて、養護施設にしてはずいぶんと暗い名称だと思ったが、朝の陽光(ようこう)という意味があるんだな。歌集などでは漢字で朝の光と書かれているらしい。知らなかったな」助手席でタブレットを操作しながら湯川がいった。

「私もその公式サイトを見ましたけど、わりと歴史のある施設みたいですね。設立は戦後間もなくとか」

「もう一度名前をいってくれ。島内……」

「千鶴子さん。千の鶴の子と書きます」

「千鶴子さんがいつからその施設で働いていたのか、それはわからないんだな」

「すみません。そこまでは調べていません」

「そうか。まあ、向こうで訊けばわかるだろう」湯川はタブレットの操作をやめ、ショルダーバッグにしまった。

園香の母親について詳細を知りたいと湯川に電話でいわれ、これまでにわかっていることを薫は説明した。といっても、大した内容ではない。アサヒ・ナナ——本名松永奈江を慕っていたこと、一年半前にクモ膜下出血で亡くなっていること、給食センターに勤めていたが、その前は千葉の児童養護施設で働いていたことぐらいだ。すると湯川は、その施設に行きたいといいだした。

なぜ島内千鶴子が松永奈江を慕うようになったのか、それがわからないことには、松永奈江が重要参考人である島内園香を連れて姿を消した理由も、到底解き明かせないだろうというのだった。

草薙に話したところ、一理ある、と同意した。

「警察が島内園香を追っていることは本人たちもわかっているはずだ。逃亡を決意するには相当な覚悟が必要だろう。それだけの絆がどんなふうにして作り出されたのか、そこは純粋に興味がある。よし、湯川と一緒に行ってこい」

そして、と声を落として続けた。

「どうしてあいつが捜査に協力する気になったのかはわからんが、とりあえず考えなくていい。俺が想像するに、松永奈江と交わしたメールを見ているうちに、何か勘づいたことがあるんだと思う。ところが何しろあの偏屈だ。はっきりするまでは俺たちに話す気はないんだろう。だからその点にはあまり触れるな。あいつの機嫌を損ねていいことは何ひとつないからな」

こうして薫が車を運転し、湯川を連れて養護施設に向かうことになったのだった。『あさかげ園』に聞き込みに行った捜査員は、まだ一人もいない。

「ところで先生、今日は外出しても平気だったんですか。係長から聞きましたが、お母様の介護で大変だとか」前方に伸びる道路を見つめたまま薫は訊いた。

「大変というほどじゃない。父ひとりに母の世話を任せるのは不安だというだけだ」

「先生がそんなに親思いの方だったとは知りませんでした」

ははっと小馬鹿にするような笑い声が耳に入ってきた。

「君が僕の個人情報に興味を持っているとは知らなかった。しかしいっておくが、この程度のことを親思いと表現するのは間違っている。本当に親思いなら、母親が認知症になったというのに何年間も実家に寄りつかないなんてことはないだろう」

「でもそれは先生がアメリカに行っておられたからじゃないんですか」

「そんなのは理由にならない。日本とアメリカを頻繁に行き来しているビジネスマンなんて五万といる。その気になれば、いつでも帰ってこられた。僕は親不孝者だ」

「そんなことはないと思いますけど」

「慰めてくれなくて結構だ。自分が一番よくわかっている。だから強いていえば、今やっていることは罪滅ぼしだ」

苛立つような口調も、この物理学者らしくなかった。

「……お母様のお加減、あまりよくないんですか」

「神のみぞ知るというところだな。父によれば半年前に誤嚥性肺炎を起こして、それ以来いくつかの臓器の機能が低下しているようだ」

「先生のお父様、お医者さんだったそうですね。係長から聞きました」

「大病院の院長を想像しているなら大きな誤解だ。単なる町医者だった」

「先生は後を継ごうとは思わなかったんですか」

「思わなかった」湯川の回答は早い。

「どうしてですか。先生は理系なのに」

「理系にもいろいろある。僕は医学よりも物理学に興味があった。それだけのことだ」

「そういえば先生は、統和高校の物理研究会に入っておられましたよね」

「よく覚えてるな」

「レールガン事件は私にとって一生の思い出です」

「そうなのか。まあ印象的な出来事ではあったからな」

「バドミントン部にも入っておられたんですよね」

「入ってない」

「えっ？」思わず助手席のほうを向いた。

「バドミントンは子供の頃から地元のクラブチームで練習していて、中学や高校の部活ではしていない。学校の体育館は、ほかの運動部と共用しなければならず、十分な練習ができないと思ったからね。高校では陸上部だった。助っ人としてバドミントン部の試合に出たことはあるが」

「初耳のことばかりです」

「ようやく認識したようだな。君は僕のことを何も知らない」

「あっ、でも、すごいことを知っています。先生って、高校のクラスメートと六年間も交際していたそうですね」

舌打ちする音が聞こえた。

「それも草薙から聞いたのか。あいつ、くだらないことをべらべらと……」

「くだらないどころか素敵ですよ。でも、どうして別れたんですか」

「簡単なことだ。ある日急に、ほかに好きな人ができた、と宣告された。それでおしまい。要するにふられたわけだ」

「へえー、先生にもそういう辛い経験があるんですね」

「大した経験じゃない」

「その女性とは、その後お会いになってないんですか」

「同窓会とかで何度か会った。向こうは結婚し、子供もいた」

「幸せそうでした？」

「さあね。なぜそんなことを訊く？」

「いえ、何となく」

相手の女性が湯川と別れたことを後悔している様子だったかどうかを訊きたかったが、いい加減にしろと怒鳴られそうなので堪えることにした。

車は高速道路を下り、しばらく幹線道路を走った後、脇道に入った。周りは緑が豊かで、大きな建物はないので遠くまで見通せる。ちらほらと住宅が建っているが、空き地も多い。建物の周辺には例外なく車がずらりと並んでいた。ここもまた車がないと生活しにくいところなのだろう。

右手前方に、四角い建物がいくつか並んでいる。近づくと門に『あさかげ園』と彫られているのが確認できた。

守衛らしき男性が近づいてきた。薫は運転席の窓を開け、事情を話した。事前に施設の事務所に連絡し、今日訪問することは説明してある。話は伝わっているらしく、守衛は駐車場と施設の入り口を教えてくれた。

駐車場に車を止め、湯川と二人で建物に向かった。園庭の隅で数名の小さな子供たちが遊んでいる。おそらく未就学児だろう。

正面玄関から入ると、ずらりと靴箱が並んでいて、その奥に事務所があった。薫たちに気づいたらしく、六十代と思われる痩せた男性が神妙な顔つきでやってきた。

薫は頭を下げ、名刺を出して身分を名乗った。湯川のことは、「捜査に御協力いただいている方」と紹介した。

男性は園長で金井(かない)といった。

「ええと、島内千鶴子さんについてお尋ねになりたいとのことでしたね」薫の名刺に目を落とし、金井はいった。

「そうです。島内さんのことをよく御存じの方から、是非お話を伺いたいんです」

「私はここに来てまだ四年なので、島内さんとは面識がないんです。適任者がおりますので、今呼んでまいります。少々お待ちください」

金井は事務所に行くと、一人の女性を連れて戻ってきた。四十代半ばといったところか。女性は少し不安そうな顔をしている。

「彼女が島内さんとは一番よく一緒に仕事をしたそうです」

金井の紹介によれば関根(せきね)という職員らしい。

「では、お話を聞かせていただけますか」

「はい、私にお答えできる範囲でなら」関根職員は小さな声でいった。

薫と湯川は靴を脱ぎ、勧められたスリッパに履き替えた。

二人が案内されたのは、日当たりのいい部屋だった。大きなテーブルを挟んでソファが並んでいる。来客室のようだ。

関根職員によれば、以前は保育園で働いていて、この『あさかげ園』に来たのは十五年ほど前らしい。

「先輩だった千鶴子さんには、いろいろと教えていただきました。お嬢さんの上京を機にここをお辞めになったのは五年前の三月ですから、十年近く、一緒に働いていたことになります」

関根職員は穏やかな口調でいった。

「お亡くなりになったことは御存じですか」

薫の問いに、はい、と彼女は悲しげな顔で頷いた。

「お嬢さんから連絡をいただきました。とてもショックでした。まだお若かったし、ここにおられた頃も元気だったのに……」

「最後にお会いになったのは、いつですか」

「ここを退職された日です。また会いましょうといって、結局それっきりになってしまいました」関根職員は無念そうに目を伏せた。

「当時の写真があればお借りしたい、と電話でお願いしたのですが」

「顔がはっきりとわかるもの、ということですよね。いろいろと探してみたんですけど、結局こういうものしか見つからなくて」

彼女が傍らのファイルから出してきたのは古いパンフレットだった。職員紹介のページに顔写真が並んでいる。島内千鶴子という名前もあった。髪を短くした、上品な瓜実顔（うりざねがお）の女性だった。やはり島内園香ともよく似ている。肩書きは、『保育士・調理員・事務員』となっていた。一人で何役もこなさなければならないらしい。

お借りします、といって薫はパンフレットをバッグにしまった。

「島内千鶴子さんの経歴がわかるものは何かありませんか。履歴書とか」

これも事前の電話で頼んでおいたことだ。すると関根職員は少し困った顔になった。

「園長とも確認したんですけど、履歴書は処分してしまったらしく、見つかりませんでした。でも千鶴子さんの経歴なら、ある程度は知っています。元々、この施設の出身者だったみたいです」

「えっ、出身者というと……」

「物心がついた頃にはここで暮らしていて、高校卒業までいたと聞いています。その後、昼間働きながら夜間の短大に通って、保育士の資格を取ったそうです。いくつかの施設で働いた後、ここに戻ってきたという話でした」

「千鶴子さんはシングルマザーだったようですが、事情は御存じですか」

「詳しいことは聞いておりませんが、お嬢さんが生まれる前に男性とは別れたようにおっしゃってました」

「千鶴子さんは結婚しておられたわけではないのですか」

「おそらく……。そういうニュアンスでした」

相手は妻子持ちだったのかもしれない、と薫は思った。妊娠中に離婚したというのは、考えにくい。

「相手の男性とトラブルになったというような話は聞きませんでしたか」

関根職員は首を振った。

「知らないです。母子家庭でしたけど、お幸せそうでした。お嬢さんの園香ちゃんのこともよく知っています。ここへ遊びに来ることも多かったです」

どうやら島内母娘は、この地では平穏に暮らしていたようだ。

薫は姿勢を直した。そろそろ本題に入ろう。

「千鶴子さんから絵本を描いている女性の話を聞いたことはありませんか。かなり親密な交流があったようなのですが」

えほん、と小声で呟いた後、関根職員は何かを思いだしたように瞬きした。

「紙芝居の方じゃないでしょうか。そういえば絵本を出した、というようなことを千鶴子さんから聞いた覚えがあります」

「紙芝居の方、とは？」

「以前、といってもずいぶん昔らしいですけど、ボランティアで紙芝居を見せに各地の施設を回っている方がいたそうです。千鶴子さんがここで働き始めた頃に来られて、それをきっかけに親しくなったと聞きました。幼子を抱えて心細かった時期なので、悩みを聞いてもらったりして、いろいろと世話になったといっておられました」

「その方の名前はお聞きになっていますか」

「いえ、名前まではちょっと……」

そうですかと薫が視線を落とした時、横から湯川が、「紙芝居をしていた理由は聞きましたか」と質問した。

「理由……ですか」関根職員は戸惑った顔をした。

「報酬がないのに紙芝居を見せて回るなんて、余程強い意志がないとなかなかできるものじゃありません。何かきっかけがあったと思うのですが、島内千鶴子さんがそれについて話したことはなかったですか」

関根職員は少し考え込んでから徐に口を開いた。

「詳しいことを聞いたわけではありませんけど、子供が好きで、ひとりでも多くの子供たちを笑顔にさせたいらしい——千鶴子さんがそう話していたのは覚えています」

「なるほど、ひとりでも多く、ね。各地を回っていたという話でしたが、主にどのあたりに行っておられたか、わかりませんか」

　さあ、と関根職員は首を傾げた。

「千鶴子さんの口ぶりですと、全国というほどではなくこのあたり……首都圏という感じでしたけど、自信はないです」

「結構です。ありがとうございます」湯川は薫に頷きかけてきた。ほかに質問したいことはないらしい。

　関根職員から聞き出せることはこれぐらいだろうと薫は判断し、切り上げることにした。礼を述べ、腰を上げた。

　三人で玄関ホールに戻ると、薫は改めて金井に礼をいった。

「どういう事件かは尋ねませんが、捜査のお役に立てそうですか」金井が訊いてきた。

「大いに参考になりました。御協力ありがとうございました」

　それはよかった、といいつつ金井はため息をついた。

「こういうものではなく、もっといいことで取材されたいんですけどね。そういえば半年ほど前にも警察の人が来ました。全然別の用件でしたが」

「警察が？　どんな用件でしょうか」

「あれは何というのかな。インターネット犯罪に関する抜き打ち調査……たしかそんな感じだった思います」


「抜き打ち調査、ですか」

あまり聞いたことのない話なので薫は首を傾げた。

「正確には警察ではなく、警察から依頼されてやってきた、といってましたな。中年の女性でした。施設の公式サイトに人物が映っている画像を使用しているようだが、本人の承諾を取ってあるか、と訊かれました。もちろん取っていますと答えたところ、今すぐ本人に連絡するよういわれたんです」

「今すぐ？　本人に？」

「そうしないと抜き打ち調査にならないから、といってましたな」

隣で話を聞いていた関根職員が、あっと声を発した。

「園長、あの時に連絡した相手って、園香ちゃんでした。千鶴子さんの娘の園香さん」

「おっ、そうだったか」金井が額に手を当てた。

「間違いないです。私が園香ちゃんの連絡先を調べましたから」

「どういうことでしょうか。もう少し詳しく教えていただけますか」

関根職員の説明によれば、次のような出来事があったらしい。

公式サイトの画像に映っている人物からは承諾を得ていると金井が答えたところ、警察から依頼された調査員だという中年女性は、持参したタブレットで『あさかげ園』の公式サイトにアクセスし、映っている何人かの人物を指差し、それぞれの承諾書を見せてほしいといった。そんなものはないが口頭で許可を得ていると金井が答えると、では今すぐこの人に連絡してほしいといって一人を指した。それが島内園香だった。

関根職員が島内園香の連絡先を調べ、その場で金井が電話をかけた。繋がると調査員の女性に電話を渡した。女性はサイトへの画像掲載許諾の有無を園香に確かめると、納得した様子で電話を金井に返した。

「その画像を見せていただけますか」薫はいった。

「はい、ではこちらへどうぞ」

関根職員は薫たちを事務所に案内すると、パソコンに画像を表示させた。それはクリスマスパーティの様子を撮影したものだった。

「調査員の女性が指したのは、この画像です」

そこに映っているのは十歳ぐらいの女の子だった。だがよく見ると、たしかに島内園香だった。つまり、かなり前に撮影されたものなのだ。

「サイトのデザインを一新する時、クリスマスイベントの画像も掲載しようということになったのですが、最近撮ったものではいいものが見つからず、とりあえずこれを掲載しようということになり、そのままになっているんです」

「園香さんも、このイベントに参加していたんですね」

「入所児童ではないんですけど、誰でも参加できるので、遊びに来てくれたんです」

薫は頷き、改めて画像を見つめた。小学生と思われる島内園香は、楽しそうに笑いながら人形を抱きしめている。人形はブルーとピンクの縞柄のセーターを着せられていて、髪が長かった。

9

銀座、並木通り——。

腕時計を見ると午後七時を少し過ぎたところだった。ちょうどいい頃合いかと草薙はエレベータホールに向かった。目的の店は十階にある。このビルの最上階だ。フロア全体が、その店——『VOWM』なのだった。

一階のエレベータホールには、たくさんのスタンド花が並んでいた。どこかの店がオープンしたらしい。

早い時間帯なのでエレベータに乗り合わせる者はいなかった。当然途中で止まることなく、十階に到着した。

扉が開くと正面に壁があり、煌めく無数の星が描かれている。店の入り口は右側にあるのだが草薙がそちらを見る前に、いらっしゃいませっ、と活気に溢れた声が飛んできた。

黒いスーツに身を固めた男性が立っていた。草薙が知っている黒服だった。ただし名前までは知らない。相手は草薙の顔を見て、驚きの表情を浮かべつつ愛想笑いをした。

「これはこれは草薙様、ようこそいらっしゃいました。御無沙汰しております」櫛目のついた頭を下げてきた。

「久しぶりすぎて、俺の名前なんか忘れてるだろうと思ってたけどな」

「何をおっしゃるんですか。今日はどなたかとお待ち合わせでしょうか」

「いや、一人だ」

「かしこまりました。ではすぐに御案内いたします」

「今夜はママは出勤してるのかな。チーママじゃなく、秀美ママのことだ」

黒服の顔に当惑と疑念の色が浮かんだ。しかし彼は即座にそれらを消し、「すぐに確認いたします」と答えた。

「よろしく。それから席はカウンターでいい」

「承知しました」黒服は頷いた。単なる客として来たのではないのだな、と気づいたようだ。彼は草薙の職業を知っている。

カウンター席につき、おしぼりで手を拭（ふ）いているとバーテンがワイルドターキーのボトルを置いた。驚いたことに何年も前に草薙が入れたものだ。三分の一ほどが残っている。

「水割りでよろしいでしょうか」

「うん、頼むよ」

バーボンの水割りを飲んでいると先程の黒服が歩み寄ってきた。

「秀美ママに連絡がつきました。是非とも御挨拶させていただきたい、とのことでございます」

「それは恐縮だ」

「お待ちいただく間、誰かつけましょうか」

「いや、結構。ありがとう」

黒服が立ち去るのを見送った後、店内をさっと眺めた。早い時間帯なので、まだ客は数えるほどだ。同伴の客を連れたホステスたちが出勤してくるのは、早くても八時以降だ。

上辻亮太が根岸秀美に電話をかけたのは先月の二十三日だった。通話時間は五分ほどだから、大した会話ではなかったのかもしれない。だが最近はまともな仕事をしていなかった様子の上辻が、一体どんな用があって銀座のママに電話をかけたのかは、大いに気になるところだった。しかも発信履歴を遡って調べたところ、この数か月間に三度ほど電話をかけているのだ。

そろそろ手がかりを摑まないとまずい、と草薙は感じていた。特捜本部が開設されてから何日も経っているが、捜査に大きな進展がない。

遺体から発見された銃弾に関しては分析が進んでいる。担当者の説明によれば、二十二口径の銃で発射されたらしいが、弾丸に残る施条痕から密造銃あるいは改造銃の可能性が高く、出所の特定は難しいようだ。密造銃といえばフィリピンだが、工作機械の熟練者なら図面さえあれば作れる。もちろん犯人が、そういう技術を持っているとはかぎらない。闇のルートなど、無数に存在する。

そんなふうに考えを巡らせていると、すぐ隣に人の気配を感じた。

「しばらくお見かけしないうちに、また一段と御立派になられたようですね」

艶っぽい声のほうを向くと和服に身を包んだ根岸秀美の笑顔があった。以前から痩せていたが、顔が一層小さくなったようだ。七十歳前後のはずだが、肌つやの良さは五十代でも通用するかもしれない。磨き上げられたメイク術の成果なのだろうが、厚化粧に見せないところがプロだ。

「それは太ったという意味かな」

「とんでもない。男っぷりが上がったと申し上げているんですよ」

失礼します、といって根岸秀美は隣の席に腰を下ろした。品の良い香水の匂いが草薙の鼻孔をくすぐった。

「ママも元気そうだな」

「そう見えるんだとしたら、久しぶりに草薙さんにお会いできたからですよ。一杯いただいてもよろしいかしら?」

「もちろんだ」

会話が聞こえたらしく、バーテンが近づいてきて、小さめのグラスに水割りを作った。

「大事なお話があるみたいだから、少しの間、二人だけにしてちょうだい」グラスを手にしながら根岸秀美はいった。バーテンは黙って頭を下げ、どこかに消えた。

いただきます、といって水割りを口に含んでから、根岸秀美は流し目を送ってきた。

「さて、若い子を席に呼ばず、こんなお婆ちゃんを待っていてくださるなんて、余程の事情がおありだと察しましたが、今夜はどういった御用件で?」

「さすがに話が早いな」草薙は上着の内ポケットから一枚の写真を出した。上辻亮太の顔写真だ。「この顔に見覚えはないかな」

拝見します、といって根岸秀美は写真を受け取り、口元に笑みを浮かべながらも真剣な眼差しで見つめていたが、首を小さく横に振りながら返してきた。

「残念ながら、知らない方です。お客様かなと思いましたけど、私の記憶ファイルにはございません。もっとも、かなり頼りないファイルですから断言はしませんけど」

「だけどママはその人物から電話をもらっているはずだ。先月の二十三日」

「二十三日に電話を? あら、どなたでしょう。ちょっと確認させていただいても構いませんか」

「どうぞ」

根岸秀美は小さなバッグからスマートフォンを出し、慣れた手つきで操作を始めた。やがて何かに気づくように息を呑む気配があり、窺うような目を草薙に向けてきた。

「もしかして、上辻さん？」

「やっぱり知り合いだったんだな」

「知り合い……うーん」根岸秀美は身体ごと傾けるように首を捻ってからスマートフォンをバッグに戻した。「ああいう関係は知り合いといえますかねえ。たしかに電話で何度かやりとりをしたことはありますけど、こちらは特に話したくもなかったんですよね」

「どういう関係か、話してもらえるかな」

「説明するのはなかなか難しいんですけど、じつは半年ほど前、金の卵を見つけましてね」

「金の卵？」

「女の子です。華があって、でもただ明るいだけじゃなくて、どことなく影も感じさせるっていう子でした。うちの店に置いたら、間違いなく売れっ子になってくれるだろうと思いました」

「なるほど。そういう金の卵か」

ホステスの話らしい。まるで予想していなかった展開なので草薙は戸惑った。

「私もこの歳ですから、店の将来についていろいろ考えます。そろそろ潮時じゃないかと思うこともしょっちゅうです。そんな時、その子と出会いましてね。この世界でもうひと暴れしたくなっちゃったんですよ。この子を磨けば間違いなくものになる、店を繁盛させられると確信しました。一目惚れってやつですよ」

「秀美ママがそこまでいうからには、相当なやり手なんだろうな。どこの店で働いている女性だ。やっぱり銀座か？」

　すると根岸秀美は微笑んで首を横に振った。

「水商売とは縁のない子です。花屋さんの店員をしています」

「ほう……」どうやら的外れの話を聞かされているわけではなさそうだ。「その金の卵の名前は？」

「園香ちゃん。島内園香ちゃんといいます。二十三歳だったかな。本当にいい子なんです。知り合いがシャンソンのソロライブを開くので花を贈りたいといったら、その場で歌をスマホで聞いて、それに合う花を選んでくれました。今時、あそこまでお客さんに寄り添える子なんて、そうそういません。ものすごい美人というわけではないけれど、男女を問わず惹きつける雰囲気があります。スカウトなんかに任せてちゃ、見つけられない素材です。だからその場で名刺を渡して、私の店で働く気はないかって訊いてみたんです。さすがに彼女、びっくりしてましたね。冗談だと思ったみたいなので、そうじゃなくて真剣よといって懸命に口説きました。で、本人もその気になりかけてくれたんです。ゆっくり考えてから返事しますってね。ところが思わぬ番狂わせで、一緒に住んでいるという男性から連絡があったんです。恋人に水商売なんかやらせたくないからおかしな誘いをするなと抗議されました。その男性が上辻さんというわけです」

そう繋がるのか、と草薙は合点した。

「それでその話は結局どうなったんだ」

「どうにかして理解してもらおうと何度か電話で話しましたが、平行線のまま。結局、それで終わりました。園香ちゃんも彼氏の反対を押しきってまで夜の世界に飛び込む勇気はなかったみたいです」

「その後、ママのほうから園香さんに連絡を取ることはなかったのか。考え直す気はないか、とか」

根岸秀美は苦笑してかぶりを振った。

「ありません。ふられた相手を追い回すような見苦しいことは、若い頃から一度だってしちゃいません」

「ところが先月の二十三日に、上辻氏のほうからママに電話をかけてきたわけだな。用件を教えてもらえるとありがたいんだが」

「隠すようなことじゃありません。あの話はまだ生きているかって訊かれたんです」

「あの話？」

「だから園香ちゃんをうちの店で雇うって話です。もちろん本人にその気があるならいつでも大歓迎ですよと答えたところ、支度金は用意してくれるんだろうなといわれました。そりゃいろいろとお金がかかるでしょうから、ある程度は用意させていただくつもりですと答えました。するとあの人、何といったと思います？」

「何と？」

「本格的にホステスをやるとなれば、こっちは今の仕事を辞めさせなきゃいけないんだから、当面生活に困らない程度の金額がほしいというんです。いくらですかと尋ねたら、最低三百万だと」

草薙は噴きだした。

「それはまたふっかけてきたな」

「なぜ今頃になって連絡してきたんだろうと電話で話しながら不思議に思ってたんですけど、それを聞いて得心がいきました。要するにお金目当てだったんです。何があったのかは知りませんが、急にお金が必要になったんでしょう。考えておきますといって電話を切りましたけど、園香ちゃんのことは諦めるしかないと思いました。どんなにいい子でも、男を見る目がないのは致命的です」

「その後は？　ママから連絡したのか」

いいえ、と根岸秀美は否定した。

「こちらからはしていません。向こうから何かいってきたら、今回は御縁がなかったと思うことにします、と答えるつもりでした。でも、それっきりなしのつぶて。何なんでしょうね、一体。失礼しちゃいますよ」

「そういうことだったか。わかった。細かいことをあれこれ訊いて申し訳なかった」草薙は詫びるように片手を上げ、そのままグラスを取った。

「上辻さん、何をやったんです？」根岸秀美が声をひそめて訊いてきた。「お金に困ってたみたいですから、強盗でもやらかした、とか？」

「その口ぶりだと知らないようだな」

「何をですか」

「上辻氏は行方不明になっていたんだが、千葉の沖合を漂流しているのが見つかった」

漂流、と呟いてから根岸秀美はぶるぶると震える仕草をした。

「念のためにお伺いしますけど、船に乗ってただとか、泳いでたとかではないんですね」

「残念ながら違う」

根岸秀美は、びんと背筋を伸ばした。「それは大変じゃないですか」

「そこでこうしてあちこち聞き込みに回っているわけだ」

「そうでしたか。お務め御苦労様です」根岸秀美は真剣な顔つきで頭を下げた。「それで……あの、草薙さん、園香ちゃんはどうしてるんですか？　あの人が亡くなったということは、今は一人なんでしょうか」

「申し訳ないが俺の口からはいえないな。捜査に関わることなんでね。気になるなら、ママから連絡してみたらどうだ？」

「そうですね。後で電話してみます」

「それがいい」

おそらく繋がらないだろうが、と心の中で続けた。

何組かの客が立て続けに入ってきた。ホステスと同伴の者もいるようだ。

「ママ、最後にもう一つだけ質問だ。不愉快かもしれないが、参考人全員にしなきゃならないんでね」

「お気遣いは無用です。何なりと訊いてください」

「すまんな。では、お言葉に甘えるとしよう。先月の二十七日と二十八日、どこにいたか覚えてるかな」

「二十七と八、ですね」根岸秀美は再びスマートフォンを出してきた。「その二日間は何だか体調がよくなくて、自分の部屋から殆ど出ていませんでした」

「店にも出なかったのか」

「出ていません。お察しかもしれませんけど、今はめったに顔を出していないんです。こんなお婆さんがやたらと店内をうろついていたら、お客様も嬉しくないでしょう？　今日だって、特別なお客様がお待ちだという知らせがなければ、お休みさせていただいていたでしょうね。

すっかり巣ごもりに慣れてしまいました。そういうわけで——」根岸秀美は、にっこりと草薙に笑いかけてきた。「アリバイはないってことになりますね」

「ずっと自宅にいたことが証明できれば立派なアリバイになる。誰かと一緒じゃなかったのか」

「残念ながら孤独な老人です。私、疑われているんでしょうか?」

「そういうわけじゃない。わかった。ここまでにしておこう」草薙は、すっかり薄くなった水割りを飲み干すと、グラスをカウンターに置いた。「会計を頼む」

「今夜は私の奢りです」

「そんなわけにはいかない。こちらにはこちらのルールがある」

「そうですか。では、以前のように請求書をお送りいたします。送り先は変わっていませんね」

「変わっていない。よろしく頼む」そういって腰を上げた。

店を出てエレベータに乗ると根岸秀美も乗ってきた。下まで見送ってくれるらしい。

「久しぶりに楽しめた」

「それはよかったです。でも、この次はもう少しゆっくりしていただきたいですね」

「そうしよう。近々、改めてお邪魔するよ」

「是非お願いします。その時には、いい子をたくさんつけますので」

「ああ、期待している」

一階に到着した。エレベータホールに並ぶスタンド花を目にした瞬間、ふと思いついたことがあって草薙は足を止めた。

「どうかしました？」根岸秀美が訊いてきた。

草薙はスマートフォンを取り出した。

「せっかく久しぶりに来たんだから、記念写真を撮っておこうと思ってね。よかったら、一緒に入ってくれないか」

「あら、私なんかでよければ喜んで」

根岸秀美は通りかかったどこかの黒服に声をかけると、カメラのシャッターを押してくれるように頼んだ。若い黒服が快く了解したので、草薙はスマートフォンを差し出した。

撮影を終えると草薙はスマートフォンを内ポケットにしまい、「じゃあ、また」と根岸秀美にいった。

「また、よろしくお願いいたします」彼女は両手を身体の前で揃え、丁寧にお辞儀をした。

草薙は夜の銀座を歩き始めた。角を曲がってからスマートフォンを取り出し、先程撮影した画像を表示させた。根岸秀美の笑顔からは、海千山千の世界を生き抜いてきた者が持つ、底知れない覚悟と余裕が感じられた。

本当に、近々あの店を再訪することになるかもしれない。その時には、あの友人を誘ってみるのも悪くない、と思った。

10

スマートフォンの画像を見た青山店長の反応は、前回とは明らかに違っていた。目を輝かせ、大きく頷いた。

「この人です。間違いありません。あの日は、ここまで奇麗にはしておられなかったですけど、年齢にしては垢抜けた方だなあと思いました」

ありがとうございます、といって薫はスマートフォンを受け取った。そこには二人の人物が和やかな表情で映っている。一人は草薙であり、もう一人は根岸秀美という女性だ。銀座で高級クラブを経営しているママさんらしい。

「この女性が来た時のことを、もう少し詳しく教えていただけますか。島内園香さんはいますか、と尋ねてきたんでしょうか」

「どういう訊かれ方をしたのか、はっきりとは覚えていませんけど、たぶんそうだったと思います。島内は本日お休みですといったら、それはシフトですかと訊かれたので、そうじゃなくて体調がよくないみたいです、と答えました。すると、そういうことはよくあるんですかと訊いてこられました。そんなことはありません、彼女にしては珍しいですよ、と答えたと思うんですけど」

「やりとりはそれだけだったでしょうか」

「ほかには、ええと……」青山店長は考え込むように首を傾げた後、そういえば、と続けた。

「勤務時間を訊かれました」

「勤務時間？」

「最近の島内さんは何時から何時まで勤務していますかって。その日によって違いますと答えておいたんですけど……」

「すると女性は何と？」

「最近は忙しいんですか、とお訊きになりました。時期によりますけど、このところはそれほどでもありませんと答えたら、そうですか、といってお帰りになりました。園香ちゃんのことをずいぶんと心配している様子でした」

「その後、その女性がここへ来たことはないんですね」

「はい、私の知るかぎりでは」

「わかりました。お忙しいところありがとうございました。御協力に感謝します」

特捜本部に戻ると、草薙がスマートフォンを耳に当て、誰かと話している最中だった。

「一軒家だったんだな。住宅地か？　……よし、じゃあ手分けして片っ端から当たらせてくれ。

……潜伏先に見当のつく人間がいたら最高だが、それは期待できんだろう。松永奈江に関することならどんなことでもいい。いや、旦那のこともわかるかぎり調べろ。勤務先とかな。……そうだ、よく買い物に行ってた店とか、美容院とかもわかったら、そこも当たってみるんだ。……時間の許す限り情報を掻き集めてこい。……ああ、そういうことだ。じゃあ、よろしく頼むぞ」

勢いのある口調で草薙が電話を締めくくるのを見て、薫は近づいていった。

「係長、今、戻りました」

「どうだった？」

「ビンゴでした。生花店に来たのは、この女性に間違いないそうです」薫はスマートフォンに、草薙と根岸秀美が映っている画像を表示させた。

草薙は破顔し、左の手のひらに右の拳をぶつけた。

「やっぱりそうか。おまえから聞いた、島内園香を訪ねてきたという年寄りのことが、ずっと頭にあったんだ。店長によれば、年齢のわりに華やかな雰囲気があったんだろ？　秀美ママに会って、別れ際にぴんときた。俺の刑事の勘も、まだまだ捨てたもんじゃないな」

「そのママさんが、園香さんに会うために生花店を訪ねていったことを係長に話さなかったのは気になりますね」

「気になるどころか、大いに引っ掛かる。忘れていたとは思えない。話の流れからして、当然出てこないとおかしい。ところが秀美ママは、ふられた相手を追い回すような見苦しいことは若い頃から一度もしていない、とまでいいきったんだ」

「でも実際には、店へ会いに行っていた。しかも青山店長の話によると、近くまで来たから気まぐれに立ち寄った、という感じではありません」

「どういうことだ」

薫は青山店長から聞いた話を詳しく報告した。

草薙は腕組みをした。

「たしかにその話を聞くかぎりだと、島内園香の近況を調べるために、わざわざ会いに行った可能性のほうが高そうだな」

「だとしたら、後日に改めて会おうとしたことは大いにあり得ます。ただ、生花店には現れていないようですから、会っていたとしたら別の場所だと思われますが」

「会いに行った目的は何か。やはり島内園香のことが諦めきれなくて、自分の店で働くように説得しようとしたのか。あの熱い口ぶりから察すると、かなり気に入ってたみたいだからな。プロ野球のスカウトみたいなものだ」

「園香さんをホステスにスカウト……ですか」

薫が呟くと草薙は眉をひそめた。

「そうだ。なんだ？　気に入らないか？」

「気に入らないというより、しっくりきません。本人に会ったわけじゃないから何ともいえないんですけど、園香さんはそういうタイプではないような気がするんです。高校で担任だった先生によれば、あまり自分の意見をいえず、人に流されやすかったみたいです。そんな女性が水商売に向いてますかね。生存競争の激しい世界なんですよね？」ずっと気になっていたことを薫は思いきって口にした。

「それはそうだと思う」

「そもそも、そんなふうにスカウトすることなんてあるんですか？　花屋さんで働いている女の子に、急にホステスをやらないか、なんて」

「そんなこと、俺に訊かれてもわからんよ」

「でも係長は高級クラブの事情には詳しいはずだと岸谷主任が……」

「あいつ、適当なことを。誤解するな。年に何度か行く程度だ。しかし、おまえのいいたいこともわかる。いずれにせよ、秀美ママと上辻や島内園香との関係を洗ってみる必要はあるだろう。ただ上辻の発信履歴を見たかぎりでは、そんなに深い関係があった形跡はない。最近では二十三日に電話をかけただけだ。しかもたったの五分だった」

「今でも園香さんを雇う気はあるか、という問い合わせだったんですよね」

「そうだ。上辻の銀行口座を調べたところ、金銭的に逼迫しつつあったのは事実のようだ。以前は五百万円ほどあった預金が、この一年間で激減している。ろくに働いていないんだから、当然といえば当然だが」

「自分がろくに働かず、恋人に水商売をさせて支度金をせしめようとした――本当だとしたら人間のクズですね。園香さんが逃げだすのもわかります」

「だがその上辻はもうこの世にいないんだから、身を潜めている必要はない。それとも上辻が死んだことを知らないのか。いや、それはあり得ないな……」草薙は腕組みし、ぶつぶつと呟いた。

「島内園香さんたちの行方に関する手がかりは、まだ何も掴めませんか」

「残念ながらそうだ。都内を中心に、ホテルや旅館、ウィークリーマンションなどに島内園香の顔写真を送っているが、現在までのところ情報は入ってこない」

「そういえば先程、聞き込みの指示を出しておられましたね。松永奈江という名前が出ていたようですが……」

草薙が机から一枚の書類を手に取った。

「松永奈江が今のマンションに引っ越す前の住所が判明した。埼玉県の新座市だった。いつから住んでいたのか正確な時期は不明だが、三十五年前から二十年以上、運転免許更新は埼玉県で行っている。その間、住所は変わっていない」

どうやら運転免許証のデータベースから見つけたらしい。

「二十年以上も住んでいたのなら、いろいろと摑めそうですね」

「そうでなきゃ困る。重要参考人と行動を共にしている可能性が高い、というだけじゃ、家宅捜索の令状も取れないからな」草薙は苦い顔でいった後、何かを思いついた顔を薫のほうに向けてきた。「児童養護施設に行った後、湯川とは何かやりとりをしているのか」

「いえ、先生のほうからは何も連絡がありません」

「おまえのほうから探りを入れてみろ。そろそろ松永奈江にメールを送る気になってくれているかもしれん」

それはどうかなと思ったが、「やってみます」と答えておいた。

夜になって松永奈江の前住所を当たっていた捜査員たちが戻ってきた。指揮を執っていた岸谷が草薙に報告を始めるようなので、机に向かって報告書をまとめていた薫も手を止め、耳を傾けた。

「松永奈江が新座市に越してきたのは今から三十六年前です。結婚して間もなくで、夫となった男性が新居を建てたそうです。夫の名前は松永ゴロウ、こういう字を書きます」岸谷は大股でホワイトボードに近づき、『松永吾朗』と手早く書いた。「実業家で、飲食店をいくつか経営していたようです。吾朗氏は松永奈江より二十歳近く年上だったそうですが、初婚だったとか。松永奈江は働いておらず、主婦業に専念しているように見えた、と近所の人々は話しています。そういう生活がしばらく続いていたみたいですが、引っ越してきてから十数年経った頃、吾朗氏が倒れ、そのまま帰らぬ人となりました。葬儀に出席した人の話では死因は肺癌で、見つかってから半年も保たなかったらしい、ということです。その後、松永奈江は一人で暮らしていましたが、今から十一年前に家を売却し、現在のマンションに移ったようです。絵本作家になったことを知っていた人は、今日の時点では見つかりませんでした」

概要は以上です、と岸谷は締めくくった。

「潜伏先に繋がりそうな情報はないのか」草薙が不満そうにいった。

「直接繋がるものは今日のところは……。ただ、耳寄りな情報はあります。松永夫妻は旅行好きで、長期に留守をすることがしばしばあったそうです。しかも海外ではなく、国内が多かったとか」

草薙が少し身を乗り出した。

「長期滞在できる場所があったということか。たとえば別荘とか」

「別荘やリゾートマンションを所有しているという話は、今日は聞けませんでした」

「そうか。それにもしそういうものを持っていたとしても、すぐに警察に突き止められると予想するだろうから、そこに潜伏している可能性は低いかな」

「それは同感です。ただ、亡くなった吾朗氏はかなり顔の広い人物だったそうなので、そういう物件を所有している知り合いがいて、期間限定で借りていた可能性はあるかもしれません」

岸谷の意見に、それだ、と草薙は指を鳴らした。

「吾朗氏と関わりの深かった人間の中に、その手の不動産を所有している者がいないか、徹底的に調べるんだ」

「わかっています。すでに着手しています」興奮した様子の草薙とは対照的に、岸谷が冷静な口調でいった。

11

秋晴れの空は見事に青かった。浮かんでいる小さな雲を眺め、シュークリームを想像していたらスマートフォンが着信を告げた。薫はモニターの表示を一瞥(いちべつ)してから電話に出た。

「はい、内海です」

「今、着いた。改札口に向かっているところだ」

「わかりました」

電話を切り、車のエンジンをかけた。第一京浜道路の路肩に路上駐車しているのだった。後方を確認し、ゆっくりと発進させた。

品川駅高輪口(たかなわぐち)のタクシー乗り場付近まで入っていくと、すでに湯川の姿があった。薫の車に気づいたらしく、駆け寄ってきて助手席から素早く乗り込んだ。

「到着まで、どれぐらいかかる？」シートベルトを締めながら湯川が尋ねてきた。

「カーナビによれば一時間ちょっとです。意外とかかります」

「いや、さほど意外でもない。新座市といえば練馬区の隣だが、練馬は横に広いからな。しかも新座市と接しているのは、都心から最も離れているところだ」

「よく御存じですね。練馬に知り合いでも？」

「昔、帝都大のキャンパスがあって、物理学科がそちらに置かれていた。研究助手をしていた頃だから、二十年ほど前だ」

「じゃあ、懐かしいんじゃないですか」

「そうでもない。大学以外の場所にはあまり行かなかったからな。それにこれから向かう先は練馬区ではなく新座市だ。何の関係もない」

「それはまあそうですけど」

草薙に催促され、湯川に連絡を取ったのが昨日のことだ。だが松永奈江にメールをしてみてくれないかという頼みに、湯川はやはり色よい返事をしなかった。

「『あさかげ園』でいろいろな話を聞き、松永さんが島内母娘にとって特別な存在だということはよくわかった。園香さんと行動を共にしている可能性が高いことも否定しない。だけど事件にどう関わっているかは不明で、容疑者扱いするのは不当だ」

メールにどういう反応が返ってくるかだけでも確かめたいといってみたが、無駄だった。もし松永奈江が意図的に島内園香を匿(かくま)っているのだとしたら、殆ど付き合いのない人間からのメールなど無視するだろう、というのだった。

ところが、松永奈江の前住所が判明したことを薫が話すと、湯川は俄然興味を示してきた。それどころか、一度行ってみたいから住所を教えてほしいとまでいいだした。

だったら私が御案内しますということになり、今日、品川駅で待ち合わせたのだった。

五反田から高速道路に乗った。大橋ジャンクションで北に向かう。道路はあまり混んでいない。カーナビの予測より早く着けるかもしれない。

「捜査の進捗状況はどうなんだ？」湯川が訊いてきた。

「はっきりいって、あまり芳しくありません。被害者はこれまでの人生であまりいい人間関係を築いてこなかったようですが、恨まれているというより、二度と関わり合いになりたくないと避けられていた形跡が濃厚です。このところまともに働いてもおらず、揉め事の起きようもなかったはずなんです」

「トラブルが生じたとすれば、相手は身近な人間というわけか」

「島内園香さんが怪しいのはたしかです。でも彼女にはアリバイがあります。一緒に旅行していたという友人の話は信用していいと思います」

「だから殺害の実行犯は松永奈江さんというわけか。草薙にもいったが、だとすれば島内園香さんが逃げ隠れしていること自体がおかしい」

「島内さんにはアリバイがあるのだから、何も知らないふりを押し通せばよかった、とおっしやりたいんですよね。それはその通りだと思うんですけど、誰もが先生みたいに合理的に行動できるとはかぎりません。非合理だとわかっていながら、どうしても間違った道に進んでしまうってことがあるんじゃないでしょうか」

「今回のケースがそうだというのか。島内園香さんは、どう間違ってしまったんだ？」

「一番考えられるのは、事態の大きさに怯えてしまった可能性だと思います。アリバイを作ったまではよかったけれど、殺人に関わったという状況が想像以上にプレッシャーになり、警察相手に堂々としていられる自信などなくなり、逃げだしてしまった——あり得ないでしょうか」

「彼女一人が逃げているのならば、その説に同意してもいい。しかし松永奈江さんも一緒だという点には、どう説明をつける？　松永さんが実行犯なら、むしろ逃げないように園香さんを説得するのではないかな」

「説得できなかったのかもしれません。あるいは、松永さんの目から見ても、島内園香さんの怯えようは尋常でなく、到底警察で芝居を演じられそうに思えなかった、とか」

「そういうことは全く考えられないとまではいわないが、園香さんがそれほど繊細な性格なら、最初からそんな計画は立てないんじゃないか。殺人なんていう大それた計画は。上辻のＤＶから園香さんを守る方法は、ほかにもあったはずだ」

湯川の反論は相変わらず的確だ。薫にはいい返せなかった。

「二人を見つけだせれば話が早いんですけどね。一体どこに潜伏しているのか……。ホテルや旅館の類いにはいないようだから、知り合いの別荘やリゾートマンションを虱潰しに当たることになりましたけど」

「ホテルや旅館にいないというのはたしかなのか」

「断言はできませんが可能性は低いと思われます。島内園香さんの顔写真を宿泊施設に配布し、似た人が泊まった場合は通報してもらうことになっていますが、今のところ情報はありません」

「顔写真を配布？　松永さんや園香さんに逮捕状が出ているわけでもないのに、そんな指名手配みたいなことをしていいのか」

「園香さんの雇用主に行方不明者届を出してもらいました。殺人事件に巻き込まれているおそれがあるとして、彼女の扱いは特異行方不明者になり、発見のために各方面に手配をかけることが認められています。ただ松永さんの写真は配布されていません。松永さんは独り旅をすると担当の藤崎さんに連絡しているので、行方不明者には該当しないんです」

「ついでにいえば、松永さんが島内園香さんと一緒にいるという証拠もないしな」

「おっしゃる通りです。先生はやっぱり、松永さんが犯人だとは思いたくないですか」

「やっぱり、とはどういう意味だ？」

「だから、多少なりとも交流のあった方だけに信じたいんじゃないかと……」

「特に肩入れするほど松永さんのことを知らない。だからどういう人物かを知るために、こうして前住所に向かっているんだ。根拠もなく、決めつけるのはやめてくれ」

「すみません。気をつけます」

ところで、と湯川が口調を少し変えた。

「例の件はどうなった？　人物画像を掲載しているサイト運営者に対して、本人の承諾を得ているかどうかを警察が外部機関に依頼して確認しているという話だ。その後、何か調べたのか」

『あさかげ園』で聞いた話だ。

「一応、サイバー犯罪対策課に確認しました。すると、人物画像の無断掲載について問題意識はあるが、抜き打ち調査などは、少なくとも警視庁や千葉県警では行っていないとのことです」

「ふん、やっぱりそうか」

「気になる話ですよね。でも半年以上も前のことだというし、今回の事件とは関係がないように思います」

薫は私見を述べたが、それに対する湯川からの反応はなかった。また根拠もなく決めつけているとでも思ったのかもしれない。

いくつかのジャンクションを通過し、薫が運転する車は大泉インターチェンジを出た。ここからは一般道だ。カーナビの案内に従って進んでいくと、奇麗に区画整理された住宅地に入っていった。やがてそこを抜けると、今度は突然周囲に緑が増えた。果樹を植えた土地があちらこちらにある。そのことを薫が指摘すると、「税金対策だろう」と湯川がさらりといった。

「このあたりは土地持ちが多い。固定資産税の節税対策として農地にしているんだ。とはいえ形だけでは認められないから、実際に農作物を植えている。手間がかからないので栗の木が多いはずだ」

「なるほど。さすがにこのあたりのことに詳しいですね」

「バブル期の話だから、今でも通用するかはわからないがな」

しばらく進むとそういった小さな果樹園は見られなくなり、庭に立派な植え込みのある住宅が目立ってきた。コインパーキングがあったので、薫はそこに車を止めることにした。

「目的地周辺は道路が狭くて路上駐車は難しいそうです。ここからは歩きましょう」

「近いのか?」

「はい。地図によれば、すぐそこです」

車から降り、細い脇道を入っていった。一軒家が程よい間隔で建ち並んでいる。薫はスマートフォンに表示させた地図に時折目を落としながら進んだ。先に聞き込みをした捜査員から、いくつかの目印は聞いている。

『山下』という表札を見つけ、薫は足を止めた。白い洋風建築の家だ。捜査員から聞いた話と一致している。間違いないだろう。

「ここは？」湯川が訊いてきた。

「松永奈江さんたちが住んでいた場所です。その家はすでに取り壊され、こちらの家が建てられたらしいです」

「そういえば、この家は周りに比べると少し新しいようだな」湯川は周囲をぐるりと見回した後、ゆっくりと歩きだした。

彼が立ち止まったのは、隣の家の前だ。『児島』という表札が出ている。

「聞き込みをした捜査員によれば、松永奈江さんと最も親交が深かったのが、こちらの奥さんだそうです」

「それは朗報だ」そういうなり湯川はインターホンのボタンを押した。

薫はぎょっとした。「何やってるんです？」

湯川がすました顔を向けてきた。「何か問題でも？」

間もなく、はい、と女性の声がスピーカーから聞こえてきた。

「お忙しいところ申し訳ございません。警視庁から来た者です。ちょっとお話を伺いたいのですが、今、よろしいでしょうか」マイクに向かって湯川がすらすらといった。

お待ちください、と女性の声が応じた。

薫はため息をつき、湯川を睨んだ。

「そういうことをするのなら、前もって相談していただけたら助かるんですけど」

「そうか？　だけど君だって、僕がわざわざこんなところまで来て、周辺の家並みを眺めただけで帰ると思ってたわけではないだろう？」

「それはそうですけど」

玄関のドアが開き、カーディガンを羽織った小柄な女性が現れた。年齢は六十歳過ぎといったところか。

女性は門のところまでやってきた。

「松永さんのことなら、先日、お話ししましたけど」

「御協力に感謝します」薫は頭を下げた。「まだ確認したいことがいくつかありまして」そういって湯川のほうに顔を向けた。

「児島（こじま）さんは、こちらにはいつ頃から住んでおられますか」湯川が訊いた。

「ここに家を建てたのはバブルが弾ける前ですから、もう三十年以上前です」

「その時、お隣にはすでに松永さん御夫妻が住んでおられましたか」

「ええ。私たちより二年ほど早く、こちらに新居を建てたということでした」

「松永さんの奥さんとは、かなり親しくしておられたと聞きましたが」

「そうですね。引っ越してきたばかりの頃は、周辺のことがよくわからなかったので、いろいろと教えてもらいました。お寿司の出前を取れる店とか」

児島夫人の話にはリアリティがあった。インターネットも携帯電話もなかった頃だ。さぞかし参考になったことだろう。

「児島さんの目から見て、松永さんたちはどういう御夫妻でしたか？」湯川が質問を続ける。

「生活ぶりとか、趣味とか、何か印象に残っていることはありませんか」

「素敵な御夫妻でしたよ。歳の離れた旦那さんは穏やかな方で、奥さんにも優しくしておられました。少なくとも私は奥さんから旦那さんの悪口を聞いたことはありません。当時はゴルフが大ブームでね、奈江さんも習っておられたんですけど、旦那さんから勧められたといってました。旅行もお好きで、旦那さんが一線を退かれた後は、二人であちこちに出かけておられました」

岸谷がいっていた話と一致する。

薫も質問に加わることにした。

「長期旅行が多かったそうですが、別荘やリゾートマンションはお持ちではなかったのですね」岸谷たちも確認しているだろうが念のためだ。

「はい。そういう話は聞いてないです。でも貸別荘なんかを使うことが多いとはいっておられたように思います」

「どちらの貸別荘ですか」

「ごめんなさい。そこまでは覚えてないです」児島夫人は申し訳なさそうな顔で、小さく手を横に振った。

「お子さんはいなかったようですが、そのことについて何か聞いておられますか」湯川が話題を変えた。

「ほしがっておられました。特に旦那さんが強く望んでおられたみたいです。だけどやっぱり少し遅かったって奈江さんはいってましたね。結婚した時、彼女は三十代半ばだったんじゃないでしょうか。今ならいろいろと不妊治療の方法があるんでしょうけど、さすがに当時の技術ではねえ……。その代わり、といったら変ですけど、うちの子が大変かわいがってもらいました。私が外から帰ってきたら家にいなくて、あわてて捜しに出たら、ちゃっかりお隣でおやつを御馳走(ごちそう)になってた、なんてことが何度もありました」

「お子さんはお嬢さんですか?」湯川が訊いた。

「いえ、息子です。中学に上がってからは、そういうことはなくなりましたけど、誕生日にはケーキをくださったりして、本当によくしてもらいました」児島夫人の口調は熱い。話しているうちに気持ちが昂(たか)ぶってきたのかもしれない。

「御主人が亡くなられた頃のことを覚えておられますか」湯川が再び質問の矛先(ほこさき)を変えた。

「覚えています。私たちが越してきてから十年ぐらい経った頃だったと思います。しばらく姿を見かけないと思ったら、入院しておられて……。肺癌だってことは、亡くなる少し前に奈江さんから聞きました。その時にはもう覚悟しておられる感じでしたね」児島夫人はしんみりとした顔になった。

「ひとりになってからも、松永奈江さんはそのまま住んでおられたわけですね」

「そうです。ひとりじゃ広すぎるし物騒だからマンションに引っ越そうかな、なんてことをいいながら、結局その後十年以上も暮らしておられました。でもじつは、ずっとひとりぼっちだったわけではないんです。旦那さんが亡くなって二年ほどが経った頃から、若いお母さんとその娘さんが出入りするようになったんです。奈江さんによればお友達ってことでしたけど、まるで自分の子供や孫みたいにかわいがっておられました」

「お母さんのほうは島内千鶴子という名前ではないですか」

湯川の言葉に児島夫人は表情をぱっと輝かせ、両手を胸の前でぱちんと合わせた。

「そうそう、千鶴子ちゃん。名字は記憶にないですけど、奈江さんが千鶴子ちゃんと呼んでいるのを何度も聞きました。毎週のように遊びに来ていたんじゃないでしょうか。奈江さんはすっかり元気になって、よかったなあと私も思っていたんです。生きる張り合いができるって、すごい力になるんだなと思いました」

「引っ越していかれた後、松永奈江さんと連絡は取っておられないんですか」

湯川が訊くと児島夫人は残念そうに顔をしかめた。

「新しい住所は教わったんですけど、結局そのままになってしまいました。奈江さん、まだ消息が摑めないんですか？　事件に巻き込まれた可能性があるって、先日、刑事さんから聞きましたけど」

「現在、鋭意捜査中です」薫が割って入った。

そうなんですか、と児島夫人は声を沈ませた。

「ありがとうございました」湯川がいった。「よくわかりました」

「御協力に感謝します」薫も礼を述べた。

「早く無事に見つかることを祈っています」児島夫人は神妙な顔つきでいった。

児島家の前から離れながら、「今の話、参考になりましたか」と薫は湯川に訊いた。

「松永奈江さんと島内母娘の関係は把握できた。島内母娘が松永さんを慕っていたのと同様、松永さんにとって島内母娘はかけがえのない存在だったようだ」

「そんな大切な孫娘同然の島内園香さんが同棲相手からＤＶを受けていると知れば、松永さんが何も感じないわけがないと思うんです」

「心穏やかではいられないだろうな」

「だからといって殺そうとするかといわれたら、私も返答に困るんですけどね」

「さっきもいったが、ほかに道はいくらでもあったはずだ。昔と違い、今はＤＶを取り締まる法律や公的な相談窓口がある。暴力をふるわれたなら、即座に病院で診断書を貰って、そのまま警察に駆け込んだっていい。殺すなんていう解決方法は、どう考えたってナンセンスだ」

「じゃあ、どうして逃げてるんでしょう？」

「わからない。何か隠したいことがあるのかもしれないな」

「隠したいこと？　たとえばどんなことです」

「さあね。本人から聞くしかない」

湯川が素っ気なく答えた直後、「ちょっとすみません」と後方から声が聞こえてきた。

薫が立ち止まって振り向くと、児島夫人が小走りに追ってくるところだった。

「どうかされましたか」薫は訊いた。

「思い出したことがあるんです。リゾートマンションのことです」少し息を切らせながら児島夫人はいった。

「どんなことでしょう？」

「スキー場のリゾートマンションに、よく行っておられました。長い時には一か月ほども。そういう時には必ず、少々長く留守にします、と事前に挨拶に来られました」

「どこのスキー場ですか」

「たしか新潟だったと思うんですけど、ごめんなさい、そこは自信がないです。旦那さんが学生時代にスキー部で、その時のお仲間が買ったものだと聞きました。その方が忙しくてあまり使わないので、好きなように使わせてもらっていると奈江さんは楽しそうに話しておられました。ずっと鍵を借りっぱなしだとも」

「鍵を……」

それだ――薫は確信した。心臓が高鳴り始めた。

「そこを松永夫妻が最後に利用したのはいつ頃か、漠然とでも結構ですから覚えておられませんか」

児島夫人は頬に手を当て、首を傾げた。

「はっきりとはいえませんけど、旦那さんが亡くなる前の年ぐらいまでは行っておられたんじゃないかしら」

「わかりました。よく思い出してくださいました」

「古い話だし、自分がスキーをしないものだから、すっかり忘れてました。歳を取るとだめですね。お役に立てたらいいんですけど」

「大変参考になりました。ありがとうございます」

薫が心の底からいうと、その思いが伝わったらしく、児島夫人は満足そうな笑みを浮かべて戻っていった。

ちょっと失礼します、と湯川にいって薫はスマートフォンを取り出した。草薙に電話をかけ、今聞いた話を伝えた。

「それ、決まりだな」草薙の声が、ぐっと低くなった。気合いが入った証拠だ。

「私もそう思います」

「よし、岸谷に調べさせよう。それだけ情報があれば捜し出せるだろう」

御苦労っという労いの言葉を聞き、薫は電話を切った。

「収穫があったな」湯川がいった。

「大収穫です」

「たぶん場所は湯沢だろう。ここからだと関越自動車道にすぐ入れる。バブル期には高速道路の入り口に車の列ができていた。湯沢にはいくつもリゾートマンションが建った」

「知ってます。でも殆ど売れなかったそうですね」

「マンションが完成した頃にはバブルが弾け、スキーブームも去っていたからな。とはいえ根つからのスキーヤーの中には買った人も多いはずだ。設備はかなり充実しているという話だったからな。未入居だが築三十年以上という格安物件が、今もたくさん残っていると聞いたことがある」

「テレワークが奨励(しょうれい)されるようになって、首都圏からそういうところに移住した人もいるそうです。つまりスキーシーズンでなくても住人がいても怪しまれないわけで、長期間潜伏するには絶好の隠れ家です」

「たしかに可能性が高そうだ」

「ようやく前に進めそうです」薫はスマートフォンをポケットに戻した。「ところで次はどこに行きたいですか。先程ゴルフの話が出ましたけど、松永夫妻が通っていた練習場が近くにあったそうです。見に行ってみますか」

「近くにあったということは、今は存在しないという意味だな」

「現在は介護老人保健施設になっているみたいです」

「だったら、行っても意味がない。僕はこのあたりを少し散歩するとしよう。その後は一人で帰るから君は戻ってくれ」

湯川の言葉に薫は目を見開いた。

「もういいんですか。まだ一軒のお宅から話を聞いただけですよ」

「人の話をたくさん聞けばいいというものではない。住んでいた環境を知ることで見えてくるものもあるはずだ」

「それはそうかもしれませんが、ここだと最寄り駅は大泉学園駅です。歩くとすれば、かなり距離がありますけど」

薫は道路沿いに目を走らせた。バス停は見当たらない。

「心配無用だ。草薙によろしく」

「そういえば係長が、ある店に湯川先生と一緒に行きたいといっていました。銀座の高級クラブです」

湯川は意外そうに目を丸くした。

「そうなのか。事件が解決してもいないのに呑気な話だな」

「そこのママさんが事件に関わっているかもしれないんです。島内園香さんに、うちの店で働かないかと誘っていたとか」

「ふうん」湯川は首を傾げた。「園香さんという女性には、その手の魅力があるわけか」

「顔写真を見たり、ほかの関係者の話を聞いたかぎりでは、私にはそんなふうには思えないですけど」

「プロのママさんの眼力は、一般人とは違うんだろ。何という店だ」

「『ボウム』といいます」

「ボウム……か」呟いた後、湯川は不意に一点を見つめた。

「どうかされましたか」

「どんな字を書く？」

「字？」

「ボウムだ。何語だ？　英語ではないように思うが」

「ちょっと待ってください」薫は手帳を出し、開いた。「V、O、W、Mですね。何語かはわかりません」

「そうか、ボウム……ね」

「店の名が何か？」

「いや、何でもない。草薙にいっておいてくれ。誘ってくれるのを楽しみにしてるってな」そういうと湯川は踵を返し、足早に歩きだした。

12

風の音がしたと思ったら、テーブルの上に置いた空の紙コップが、すっと横にずれた。同時に、ぞくりと背筋が寒くなった。

園香は羽織ったパーカーの前を合わせ、立ち上がった。換気しようと窓を開けていたのだが、この地の空気はすでに次の季節を感じさせるものに変わっている。

ガラス扉を閉め、クレセント錠を回した。カーテンを引く前に外の景色を眺めてみる。深緑の森が、すぐ近くにあった。あと一か月もすれば、それらが少しずつ雪に覆われていくかもしれない。だからといってここは辺境の地などではない。何しろ、新幹線の駅まで徒歩で五分とかからないのだ。

ソファに戻り、テレビ画面に目を戻した。二十年近くも前に作られたと思われるサスペンスドラマの再放送が流されている。主演の若い女優は今や母親役でしか見たことがない。特にこの番組を見たいわけではなかった。ほかに見るものがないからチャンネルを合わせているだけだ。

もうずいぶん前からテレビというものに関心がなくなっていた。ニュースも芸能ネタもスポーツの結果も、すべてネットで事足りる。バラエティ番組でだらだらと交わされる芸能人の会話より、あの手この手でアクセス数を増やそうとするユーチューバーたちの奮闘ぶりのほうが刺激的だ。映像作品も同様で、ネットドラマのほうがCMだらけの地上波ドラマよりはるかに面白くてコスパもいいと思う。

だがそれらを堪能できるのも、スマートフォンという文明の利器があってこそだ。それを使ってはいけないといわれた時には、SNSでやりとりができなくなることへの不安が大きかったが、いざ電源を切ったままにしてみると、想像以上に生活のあらゆる面で依存していたことに気づかされた。今の状態をひと言で表せば、「何もできず、何をしていいかわからない」ということになる。

だからどんなにつまらなくても、テレビを見るしかないのだった。外部の情報を得るには、それが唯一の方法だし、手軽に娯楽を得られる手立てでもあった。

なぜこんなことになってしまったのだろう——。

逃亡生活を始めて以来、ずっと考え続けていることだ。考えても仕方がないとわかっていながら、あれこれと思考を巡らさずにはいられない。

一年前は幸せだった。上辻亮太(うえつじりょうた)との同居が始まった頃だ。

朝食を作り、まだ眠っている恋人を起こすのは楽しかった。目覚めた彼は、鼻をぴくつかせ、味噌汁の具を当てようとした。めったに当たらなかったが、味は褒めてくれた。

休日には買い物をした。上辻は部屋の雰囲気を変えることに積極的だった。ここは俺たちの砦（とりで）だ、が口癖だった。

「かつては園香とお母さんの砦だった。でも今は違う。俺たちの砦だ。だったら、それなりにバージョンアップしていかないと」

ダブルベッドを買った後、ダイニングセットも買い換えた。千鶴子との思い出がたくさん残る卓袱台は、リサイクルショップに引き取られていった。寂しかったが、仕方がないと諦めた。いつまでも過去を引きずってちゃいけない、という上辻の言葉は正論に聞こえ、いい返せなかった。何より、俺たちの砦だ、といってくれたのは嬉しかった。

そんな二人に大きな変化が訪れた。上辻が突然会社を辞めたのだ。

我慢の限界だ、と彼は吐き捨てた。

「社長や周りの連中の意識は低すぎる。せっかく好きなことをやろうと思って会社を興（おこ）したっていうのに、ちょっと壁に当たっただけで、前の会社に頭を下げて仕事を恵んでもらうなんて、プライドはないのかと思ってしまう。あんな連中と一緒にはやっていられない」

会社に対する不満を口にするのは、それが初めてではなかった。今の状況では自分の才能を生かせない、という意味のことは常々いっていた。しかし本当に辞めるとは思っていなかったので園香は驚いた。

次の仕事は見つけてある、と上辻はいった。

「以前から一緒にやらないかといってくれている人がいるんだ。そこなら俺の力を存分に発揮できるはずだ」

「そうなんだ。だったら安心だね」

能力のある人間にとっては転職なんて大したことじゃないんだな、と園香は思った。

だが間もなく、雲行きが怪しくなった。

次の働き口が決まっているはずなのに、上辻は一向にその話をしなくなった。仕事に出かける気配もない。気にはなりつつ、いろいろと手順があるのだろうと思って黙っていたが、一か月近く経っても進展がない様子なのでいよいよ我慢できなくなった。

ある日の夕食後だった。「仕事、どうなの？」と訊いてみた。

上辻は茶を飲もうとしていた手を止め、眉をぴくりと動かした。「どうって？」

「前に話してた会社、いつ頃から行くの？」

ああ、と上辻は途端に不機嫌そうな顔になった。「あの話は断った」

えっ、と園香は目を見開いた。「どうして？」

上辻は顔をしかめ、ふんと鼻から息を吐いた。

「よくよく聞いてみたら、つまんない会社なんだ。スーパーの安売り商品を紹介するＰＲ動画を作ってたりするんだぜ。そんなもの、素人だって作れる。ＣＭも作ってるけど、田舎のテレビ局ばっかりだ。そんなんじゃ誰からも注目されない。完全に騙されたよ」

「そうなの……。それで、どうするの？」

「もう人は当てにできない。フリーでやっていくことにした」

「フリー？　それ、どういうこと？」

「組織に属さず、自分で企画を考えて、それを各方面に売り込んだ。採用されたら、プロデューサーとして参加する。あの『スター・ウォーズ』だって、ジョージ・ルーカスがそうやって形にしたんだ」

　例に挙げられた作品がすごすぎて、まるで現実感が得られなかった。

「そんなので大丈夫？」

　思わずそう漏らすと、上辻が眉間に皺を寄せ、じろりと園香を睨みつけてきた。

「大丈夫って、どういう意味だ？」

「だって、そんなにうまくいくのかなと思って。自分が気に入った仕事だけさせてくれるほど世間は甘くないと思うけど」

　その瞬間、上辻の顔つきがさらに変わった。口元を曲げ、目を吊り上がらせたかと思うと、右手を伸ばしてきた。園香は顎を摑まれていた。すごい力で痛かった。

「世間は甘くない？　ずいぶんと上目線じゃないか。俺を誰だと思ってるんだ。今までどれだけの仕事をしてきたか知ってるのか？　業界のことを何も知らないくせに生意気なことをいうな」

「いたい……よ」

「離してほしけりゃ謝れ。俺を侮辱したことを詫びろ」

ごめんなさい、と呻(うめ)くようにいうと、ようやく解放された。

痛む顎をさすりながら、「侮辱したわけじゃないよ」と細い声でいった。「ただ心配しただけ」

すると再び上辻の右手が伸びてきた。今度は髪を引っ張られた。園香は、きゃっ、と悲鳴をあげた。

「それが侮辱だといってるんだ。まだわからないのかっ」

「ごめんなさい、ごめんなさい。もういわない」

投げ捨てるように上辻は髪を離した。

園香は動けなかった。頭の中が真っ白になった。

しばらく沈黙が続いた後、ごめんな、と上辻がいった。

「俺はさ、世界中の全員が敵になったとしても、園香さえ味方でいてくれたら、くじけずに戦い続ける自信があるんだ。逆にいえば、園香にだけは俺の力を信じてほしいわけさ。それなのにそんなふうに疑うようなことをいわれたんじゃ、悲しくなるじゃないか」

絞り出すように発せられた言葉は真に迫っていて、園香の心を揺さぶった。この人のいう通りかもしれない、と思った。自分が信じなくて、どうするのか。

そうだよね、と呟いた。

「亮太さんの才能を信じてたら、心配なんてしないはずだよね。やっぱり、あたしがいけなかった。ごめんなさい」

「わかってくれればいいんだ」上辻は優しい目になっていった。「信用されてないっていうのは、一番傷つくからさ」

「信じてる。もう変なことはいわない。約束する」

奇妙なことだが、園香にとってこの出来事は、自分に非があった件と認識され、記憶された。

ナエさん——松永奈江がアパートにやってきたのは、それから間もなくのことだった。じつは近況を尋ねるメールは時折受け取っていた。そのたびに園香は、何も問題なく生活できているから心配しなくていい、と返答していた。ただし上辻と同居していることは隠していた。きっといい顔はしないだろうと思ったからだ。昔から千鶴子によく、「園香ちゃんが付き合う相手には気をつけなきゃだめよ。あの子は流されやすいから」といっていたのを覚えている。

それだけに予告もなく奈江が訪れた時には、園香は激しく動揺した。ドアホンの音に対して、はーい、と気軽に応答したところ、ドア越しに奈江の声が返ってきたのだ。驚きのあまり、洗っていたフライパンを床に落としてしまった。

居留守を使うわけにはいかず、ドアを開けた。上辻は外出中だった。

園香の顔を見て、奈江は目を輝かせた。

「ごめんなさいね。近くに来たので急に思い立っちゃった。仕事に出てるんだろうなあと思いつつ、何となく会えるような気がしたの。いい虫の知らせだったわね」化粧気の少ない、眼鏡をかけた顔で笑った。

「連絡してくれればよかったのに」

「留守なら留守で仕方がないと思ったの。大した用があるわけではないし」そういいながら奈江は室内をさっと見渡した。その表情が瞬時に曇るのを園香は認めた。「御迷惑のようなら、このまま帰るけど」

「そんなことないよ」

「少しだけお邪魔してもいい？」

だめだとはいえない。うん、と園香は奈江を招き入れた。

ダイニングテーブルで向き合った。このテーブルは以前はなかったものだ。

奈江は奥の部屋に視線を向けた。一方の部屋の引き戸は閉じられている。上辻が使っている部屋だ。

「どういう人？」奈江が明るく尋ねてきた。「一緒に暮らしてるみたいだけど」

同居人は男性だと見抜いている口調だった。

「元々はお店のお客さん。仕事に使う花のことで相談を受けて……」

園香は交際に至った経緯を説明した。なるべく曖昧にしておきたかったが、簡略化して話すのが苦手なので、細かい事情まで打ち明けてしまう羽目になった。ついには上辻が会社を辞め、今はフリーで仕事をしていることも話していた。

奈江は終始口元に笑みを浮かべたままで聞いていた。しかし納得しているわけでないことは、その目を見れば何となく伝わってきた。

「その人のこと、すごく好きなの？」

話を聞き終えた後、奈江が訊いてきた。意外な質問だったので、園香は何度か瞬きした。

「好きだよ。どうしてそんなことというの？」

奈江は首を傾げ、うーんと唸った。

「話を聞いていて、何か違うなあと思ったからよ。別の言い方をしましょうか。今の生活をしていて、園香ちゃんは本当に幸せ？」

ストレートな問いかけに、ぎくりとした。狼狽したのは、核心をつかれたからかもしれない。自分では一度も考えたことのない問題だった。

しかし園香は懸命に平静を装って答えた。「幸せだよ。当たり前じゃない」

「そうなの？　じゃあ訊くけど、園香ちゃんにとって幸せって何？　将来がどうなろうとも、今が楽しければ、それで幸せってことになるのかしら」

「そんなことない。将来のことだって、ちゃんと考えてる」

「彼も？　彼も考えてくれてる？　そうはっきりといえる？」

「いえるよ。考えてくれてる……」答える声が弱々しくなってしまった。体温が上昇するのを園香は自覚した。

「どんなふうに？　たとえば、ここにはいつまで住み続ける気？　引っ越しする計画はあるの？　こういっては何だけど、終の棲家にできる部屋ではないはずよ。それ以前に、彼は園香ちゃんとのことをどうするといってるの？　結婚がすべてではないと思うけれど、将来への展望は示すべきよ。そうは思わない？」

「……きちんとするといってくれてる」園香は俯いたまま答えた。

「どうきちんとしてくれるの？　そもそも彼は本当に仕事をしてるの？　私もよく知らないけど、映像関係の仕事をフリーでするなんて相当大変なはずよ。生半可ではできないと思う。最近はどんな仕事をした？　そういう話、したことある？　ないでしょ？」

奈江の言葉は、激しく降る大粒の雨のように園香の全身を打った。だがどの指摘にも反論できず、ただ下を向いているしかない。

しかし素直に肯定する気にはなれなかった。それをすれば、今までの生活がすべて否定されるような気がするからだ。千鶴子が死んだ後も、きちんと自分の力で生きてきたのだと信じたかった。

追い詰められた末に発した台詞は、放っておいて、だった。

「何ですって？」

園香は顔を上げた。

「放っておいてといったの。あたしにはあたしの考えがある。将来のことだって考えてないわけじゃない。彼のことは信用してるし、彼についていけばきっとうまくいくと思ってる。だからもう、あたしのやることに口出ししないで。もう構わないで。あたしはママとは違う。ナエさんは……奈江さんはママの母親代わりだったかもしれないけど、あたしにとってはただの他人なんだから」

こんなに強い口調で誰かを責めたのは、生まれて初めてだ。しかも最後の言葉は奈江に対して最も効果的だとわかっていた。実際、それで奈江は悲しげに黙り込んだ。

気まずい空気が流れた。世話になった奈江に対して発するには、やはりあまりに無神経だったと園香は思い直した。大急ぎで取り繕う言葉を探した。

ところがそのタイミングで玄関のドアが開いた。

他人が勝手に開けるわけがない。姿を見せたのは上辻だった。彼は室内に見知らぬ老婦人がいることに驚いた様子で、声を出さずに立ち尽くした。それから、誰だ、と問い詰めるように鋭い視線を園香に向けてきた。

「ま……松永奈江さん」園香は紹介した。「前に話したことがあるよね。死んだ母がすごくお世話になった人がいるって」

実際、話してはあった。

上辻は、ああ、と合点した顔になった。

「今日、急に訪ねてきてくれたの」

「そうだったんだ」上辻は表情を和ませ、靴を脱いだ。「園香から話は聞いています。ずいぶんと助けられたって。今の自分の幸せがあるのも、元を辿ればあの人のおかげだった、なんてことをいったりもします。――なあ?」

そんな話をした覚えはまるでなかったが、話を合わせないわけにはいかなかった。うん、と頷いた。

「へえ、そんなことを」奈江は意味ありげな目で園香を見た。

「察するに、今日は園香がきちんと生活しているかどうかをチェックするためにいらっしゃった、というところでしょうか」口元を緩め、冗談めかした口調で上辻はいった。

「まさか、そんなんじゃありません。近くに来たので、寄ってみただけです」奈江は苦笑を浮かべ、腰を上げた。「邪魔してごめんなさい。園香ちゃん、じゃあまたね」

園香は黙って頷いた。

奈江は出ていき、ばたんとドアを閉めた。外階段を下りていく音がかすかに聞こえてくる。

その音が消えた瞬間、上辻は、「頷いてるんじゃねえよっ」と怒鳴り、奈江が座っていた椅子を蹴り倒した。

「えっ、何?」

「じゃあまたねっていわれて、何を馬鹿みたいに頷いてるんだ。もう二度と来ないでくれって、どうしていわないんだっ」

「あっ……」

園香は混乱した。上辻が何に対して怒っているのか、全く理解できなかった。

「それ以前に、なんで俺に断りもなく、勝手に他人を部屋に入れてるんだ。おかしいじゃないかっ」

「だってそれは急に来ちゃったから……」

「追い返せばいいだろうが。取り込み中だとか忙しいとか、いくらでもいいようがあるじゃないか。どうして追い返さなかった？」

「ごめんなさい。全然思いつかなかった。昔からお世話になってる人だし……」

「母親が、だろ？　世話になったのは園香じゃないだろ？　今、世話になってるか？　一円でも援助してもらってるか？　何か助けてくれてるか？　どうなんだっ」

「うん……今は世話になってない」

「だろ？　だったら縁を切れよ。今後は絶対に部屋に入れるな。外でも会うな。電話は着信拒否しろ。わかったな」

「亮太さん、そんなにナエさ……あの人のことが嫌い？」

「嫌いだね。たぶん向こうだって俺のことが嫌いだ。園香と別れさせたいと思ってる。どうだ？　図星だろ」

　その言葉を聞き、驚いた。まさにその通りだった。会った瞬間にそこまで洞察できるのは、敵か味方かを瞬時に判断する習性を生まれ持っているからかもしれない。

「将来のこととか訊かれた」園香は呟いた。「彼はちゃんと考えてくれてるのかって」

「それで何て答えたんだ」

「考えてくれてるって」

「そうか。そうしたらあの婆さん、何といった？」

「仕事のことを訊いてきた」

「仕事？」

「本当に仕事をしてるのか、最近はどんな仕事をしたか聞いたことあるかって……」

「で、どう答えた？」

　園香は黙った。何とも答えなかったのだから、この場でも答えようがない。

　がん、という衝撃を受け、気づくと床に倒れていた。右の頬が熱く強張っているのを感じ、殴られたのだとわかった。痛みは少し遅れてやってきた。

「なんで答えられないんだ？　いろいろとやってるみたいだって、どうしてはっきりといわなかった？　やってるだろうが。今日だって打ち合わせに出かけてたんだ。それなのになんで答えなかった。おい、なぜなんだ？」

園香は両肩を上辻に摑まれ、さらに激しく揺すられた。首がぐらぐらと揺れ、気持ちが悪くなった。

「わかんない……」辛うじて、そう答えた。

「わからない？　何がわからないんだ」

「どうしてちゃんと答えなかったのか、自分でもわかんない。でも答えなきゃいけなかったのよね。ごめんなさい」

涙が溢れ、頰を伝った。なぜ泣いているんだろうという疑問が頭の片隅にあったが、そのことは考えないようにした。

上辻がじっと園香の顔を見つめた後、ぎゅっと身体を抱きしめてきた。

「これだけは忘れるな。俺にとって一番重要なのは二人の生活を守ることだ。そのためにはどうすればいいか、いつも考えてる。俺以上に考えてくれる人間なんて、ほかにはいない。どこにもいない。俺以外の人間を信用するな」

「わかってる。ありがとう」

顔面を殴られた直後に感謝の言葉を口にしていることの異常さに、その時にはまるで気づかなかった。

この日を境に変わったことがある。

それまでも上辻は園香の行動に何かと口出ししてきたが、それが一層多くなった。仕事以外で勝手に外出するのは厳禁だし、許可を得て外に出た時でも、無断で予定外の行動を取ることは許されなかった。

上辻は、園香がほかの人間と会うのも嫌がった。高校時代からの親友である岡谷真紀と会っている間にも、いつ帰るのかを尋ねるメッセージを頻繁に送ってくるのだった。帰ったら、何をしたのか、どんなことを話したのかをしつこく尋ねてきた。挙げ句に、昔の友達と会って何が楽しいのかと訊いてきた。気分転換だと答えたら、俺といたら息が詰まるとでもいうのかと殴られた。束縛が激しくなると共に、暴力をふるってくることも増えていったのだった。

どう考えても尋常ではなかったが、それぐらい上辻は自分のことを愛してくれているのだと園香は解釈した。錯覚だったのか、自分にそういい聞かせていただけなのか、未だにわからない。

がたんという音が後ろから聞こえ、園香は我に返った。振り返ると隣の部屋から奈江が出てくるところだった。大型のキャリーバッグを引いている。

「どこかに出かけるの？」園香は訊いた。

奈江は頷いた。「移動する」

「移動？」

「ここは引き払うってこと。園香ちゃんも急いで荷物をまとめてちょうだい。一時間以内に出発するから」

奈江の口調は落ち着いている。だがそれは園香を動揺させないためだとわかった。

園香はリモコンを取り、テレビを消した。これからどうなっていくのか、まるで予想がつかなかった。だがもう決めていた。余計なことは一切考えず、奈江のいう通りにする。ただ黙ってついていく、と――。

13

液晶画面に映し出されたのは、ライトブラウンの建物だった。十階建てより、もっと高さはありそうだ。横幅も広く、草薙が想像していたものよりずっと大きい。

「ほう、わりと新しそうだな。築年数は何年だ？」そう尋ねてきたのは管理官の間宮(まみや)だ。草薙の斜め後ろに座っている。

草薙は右隣に顔を向け、内海、と声をかけた。

「三十一年です」スマートフォンを操作しながら内海薫が答えた。「でも十六年前に大規模修繕があり、外壁は改装されたそうです」

「そうなのか。それにしても豪華な構えだな」間宮が呆れたようにいう。

「何しろバブル時代の代物ですから。――いろいろな設備も整ってるんだろ？」草薙は再び内海に訊いた。

「温泉、スポーツジム、プールなども備えられています。かつてはレストランもあったそうです」

「まるでホテルだな。管理費は？」間宮は細かいことが気になる様子だ。

「月に五万円ほどです」

内海薫の答えに、草薙は間宮と顔を見合わせ、首をすくめた。なるほどバブル期の遺産だ、と思った。資産価値がどんなに下がろうとも、管理にかかる金額は変わらない。

腕時計を見た。午後三時になろうとしている。

「管理官、指示を出していいですか」

「おう、任せる」

草薙は傍らのマイクに顔を寄せた。「岸谷、聞こえるか」

「聞こえます」モニターに内蔵されたスピーカーから声が返ってきた。

「映像は確認できている。中に入ってくれ。カメラはそのままでいい」

「了解です。入ります」

草薙はモニターに視線を移した。建物に近づいていく岸谷の背中が映っている。カメラで撮影しているのは若手刑事だろう。ほかに二人の捜査員を同行させている。いつもならもう少し人員を増やすが、今回の相手は女性二人で、しかも一方は老婦人。抵抗される心配は少ないと思われた。

現在岸谷たちがいる場所は、新潟県の湯沢町だった。上越新幹線の越後湯沢駅から徒歩数分のところにある高級リゾートマンションを訪ねようとしている。無論、そこに島内園香と松永奈江がいると思われるからだ。

内海薫からの情報を受け、松永夫妻がしばしば利用したというリゾートマンションを捜すよう草薙が部下たちに命じたのは昨日の午後だ。手がかりはあった。内海薫によれば、マンションの持ち主は、松永奈江の亡き夫である松永吾朗のスキー部仲間らしい。早速松永吾朗の経歴を調べて出身大学を突き止めると、スキー部のＯＢ名簿を入手し、同年代の者たちに片っ端から問い合わせることにした。内容はシンプルだ。リゾートマンションを所有しているか、所有しているならば現在はどうなっているか、誰かに貸すことはあるか、だ。もちろん事件については伏せ、嘘の目的を用意した。

そして今日の午前中に、それらしき人物が見つかった。都内で会社役員をしている男性で、湯沢町にリゾートマンションを所有しており、かつては松永夫妻に貸したこともあるらしい。しかも鍵をやりとりするのが面倒なので、「いつでも好きに使っていいから」といってスペアキーを貸したままになっているという。話を聞いた捜査員によれば、本人は高齢で足腰が悪く、もうスキーはしないし住む予定もなくて売りに出しているが、どんなに値段を下げても買い手がつかないからそのままにしているだけ、といっているそうだ。

報告を受けて草薙は当たりだと確信し、部屋の鍵を借り、室内を確認する許可を得るよう捜査員に指示した。捜査員は、「松永奈江さんが犯罪に巻き込まれ、湯沢のマンションが使用されている可能性がある」と男性に説明し、鍵を借りてきた。その鍵を持って岸谷たちが特捜本部を出たのが今から二時間ほど前だ。

いよいよトンネルから抜け出せるかな——モニターを見つめながら草薙は期待に胸を高鳴らせていた。二人の身柄を確保すれば今回の事件は終わる、と確信している。だから管理官の間宮にも知らせ、一緒に映像を確認することを提案したのだ。

岸谷たちはマンションの共用玄関に達していた。オートロックのパネルが見える。

係長、と岸谷が小声で呼びかけてきた。「インターホンは鳴らさなくていいですね?」

「当然だ。そのまま鍵を使って入ってくれ」

「管理人がいますが、声かけも不要ですね」

「不要だ。怪しまれないようにな」

「わかっています」

岸谷はマイク付きイヤホンを装着し、スマートフォンで話している。今時、インカムなどを使うより、よっぽど自然だ。

共有玄関のドアを開け、岸谷たちが中へ入っていく。草薙は息を呑んだ。いよいよだ。

すると横から内海薫の腕が伸びてきて、目の前に紙コップを置いた。コーヒーの香りが漂ってくる。「係長、貧乏揺すりが……」

「おっ、そうだったか」草薙は右足を叩いた。緊張すると出てしまう癖だ。気がついたら教えてくれと常日頃、部下たちにいっている。

紙コップを手にし、画面を見ながらコーヒーを啜った。

岸谷たちはエントランスホールを通過している。途中には小さな噴水があり、壁には額に入った巨大な絵画が飾られていた。ただし噴水から水は出ていない。

エレベータホールに到着した。目的の部屋は九階にある。エレベータに乗り込み、岸谷は9のボタンを押した。

そこで一旦映像が消えた。電波が届かないのだろう。

「住人が見当たりませんね」横で内海薫が呟いた。

そうだな、と草薙は答えた。たしかにその通りだった。ここまで岸谷たち以外の人間は映っていない。避暑の季節でもスキーシーズンでもないから当然か。

映像が戻った。岸谷たちはエレベータから出て、内廊下を歩き始めているようだ。渋い色調のカーペットも、モニター越しに見るかぎり安物ではなさそうだ。

岸谷たちが足を止めた。焦げ茶色のドアが映っている。部屋番号は表示されているが、表札のようなものはない。

「部屋の前に着きました」岸谷が低い声でいった。

「わかっている。チャイムを鳴らしてみろ」

「鳴らします」

画面の中で岸谷がインターホンのボタンを押した。かすかにチャイムの音が聞こえる。

草薙は身を乗り出した。インターホンのスピーカーから応答が聞こえてくるか。それともドアが開けられるか。ドアスコープで岸谷たちの姿を確認されるだろうが問題ない。何しろ九階だ。窓から逃走されるおそれはない。

「応答がありません」岸谷がいった。「もう一度鳴らします」

「うん」

岸谷の指が再びチャイムを鳴らす。

だが結果は同じだった。応答はないし、ドアが開けられる気配もない。

岸谷がイヤホンを外し、ドアに耳を押しつけている。その姿勢を続けた後、ドアから離れて改めてイヤホンを付けた。

「何か聞こえたか？」草薙は訊いた。

「聞こえません。人の気配はないようです」

では留守か。どこかに出かけているとしても、いずれは帰ってくる。どこで待ち伏せるかは問題だが、まず優先すべきことは確認だ。

「岸谷、鍵を開けて部屋に入れ」

「いいんですか」

「構わない。持ち主の許可は取ってある」

岸谷が鍵を開ける様子がモニターに映った。逸る気持ちを落ち着かせるため、草薙はコーヒーを飲んだ。

ドアが開けられた。岸谷たちは靴を脱いで部屋に入っていく。さすがに土足はまずい。薄暗かった室内に明かりが点った。照明のスイッチを入れたらしい。まだ日中だが、どうやら遮光カーテンのようだ。

映っているのはリビングセットの並ぶ部屋だ。奥にはダイニングテーブルもある。草薙は素早く視線を走らせた。人の存在を示すものを捜したのだ。だが画面の範囲内には見当たらない。

「ほかの部屋は？」

「これから見ます」答えながら岸谷は隣の部屋に繋がるドアを開けた。

そこには大きめのベッドが二つ置かれていた。どちらも奇麗に整えられ、ベッドカバーも付けられている。

斜め後ろから間宮の唸り声が聞こえてきた。「どういうことだ、草薙」

草薙はマイクに口を近づけた。「何かないか徹底的に調べろ。鞄とか服とか」声が荒々しくなるのが自分でもわかった。

岸谷はクロゼットを開けた。抽斗の付いた小さな棚があるので、そこも開けている。

「何もありません」

「ゴミ箱は？」

岸谷はベッドの脇に置いてあったゴミ箱を手に取り、無言で中をカメラに向けた。空っぽだった。

「洗面所や風呂場を調べてみろ」

はい、と答え、岸谷は室内を移動した。廊下に出て、洗面所の明かりを点けた。その奥はバスルームのようだ。岸谷は、そのドアも開けた。

「床の状態はどうだ？　濡れてないか？」草薙が訊く。

「乾いています。ただ、浴室乾燥機が付いているので、二時間もあれば乾くと思います」そういいながら岸谷がしゃがみこんだ。排水口を調べているらしい。「残留物なし。髪の毛一本、残っていません」

草薙は舌打ちし、床を蹴った。島内園香たちが潜伏しているという読みは、全くの外れだったのか。

するとスピーカーから、主任、と岸谷に呼びかける声が聞こえた。一人の捜査員が廊下からやってきて、岸谷に何かを渡している。

「どうした？」草薙が訊いた。

岸谷が持っていたものをカメラに向けた。透明のセロハン紙だ。「サンドウィッチを包んであったものだと思われます。賞味期限を記したシールが貼られています」

草薙は身を乗り出した。「日付は？」

「本日の午前二時、となっています」


液晶モニターにオートロックの共用玄関が映っている。奥から現れた二人の女性が、そこから外へと出ていった。どちらも帽子を被っていて、おまけにマスクを付けているので顔は判別できない。だが隠しきれていないものがあった。荷物だ。一方の女性が引いていた大型キャリーバッグと、もう一方の女性が提げていたバッグだ。

「そこで止めろ」

草薙の言葉に内海薫は映像を静止させた。

リゾートマンションの防犯カメラの映像を見ているのだった。岸谷に指示し、松永奈江たちが出ていったと思われる時の映像を捜させたところ、見つかったというので、すぐにデータを転送させた。日付と時刻は、昨日の午後五時十分だ。

内海薫がプリントアウトした二枚の画像を草薙の前に置いた。松永奈江のマンションの防犯カメラに映っていたものだ。松永奈江と島内園香が出ていく時の様子が、それぞれ映っている。

「キャリーバッグも旅行バッグも同一だと思われます」内海薫が控えめな口調でいった。

草薙は頷き、スマートフォンで岸谷に電話をかけた。

「俺だ。映っているのは例の二人とみて間違いなさそうだ」

「そうでしょうね。管理人から話を聞きましたが、このところ時々姿を見かけたとのことです。ただ、いつから部屋を利用していたのかはわからないので、今、防犯カメラの映像を調べています」

おそらく東京を出た日だろう。潜伏するのに格好の場所があったからこそ、二人は逃走を決意したのかもしれない。

「マンションのゴミ集積所は調べたか?」

「調べましたが、今朝収集されたそうです」

「そうか……」

ゴミは二十四時間いつでも出せるらしい。松永奈江たちが部屋を立ち去る前にゴミを始末したのは、証拠隠滅が目的というより、リゾートマンションの利用者として当然の行為なのかもしれなかった。

問題は、なぜ出ていったのか、そしてどこへ行ったのか、だ。

「越後湯沢駅に行って、防犯カメラの映像を片っ端からチェックしてみてくれ。新潟県警には話をつけてある」

「わかりました」

草薙は電話を切った後、ため息をつき、隣を見た。沈んだ表情の内海薫と目が合った。

「何かいいたそうな顔つきだな」

すると女性刑事は意味ありげな視線を向けてきた。

「何かいいたいのは係長のほうではないですか？」

「どういう意味だ」

「そのままです。気になっていることを口に出さないと精神衛生上よくないですよ」

「その言葉をそっくり返してやる。内海、これは上司命令だ。いいたいことがあるのなら、さっさといえ」

内海薫はかすかに眉根を寄せた後、何かを吹っ切るように小さく頷いてから口を開いた。

「松永夫妻が知り合いのリゾートマンションを頻繁に利用していた、と私が係長に報告したのは昨日の昼前です。十一時頃ではなかったでしょうか」

「その通りだ」

「それから約六時間後、松永奈江さんと島内園香さんはリゾートマンションから立ち去っています。あまりにタイミングがよすぎると思うのですが、係長はいかがですか？」

草薙は腕組みをし、周囲を見回した。聞き耳を立てている者はいないようだ。

「誰かが二人に知らせたというのか。警察がリゾートマンションの存在に気づいた、と」

「そう考えるほうが妥当だと思いませんか。たまたま二人のどちらかが、このリゾートマンシヨンはそろそろ警察にばれそうだから、別の場所に移動しようといいだした、と考えるよりも」

「しかしそうなると、そんな連絡ができる人間はかぎられてくるぞ」

内海薫はゆっくりと首を横に振った。

「かぎられるどころか、一人しかいません。係長もおわかりですよね」

女性刑事の目に宿る強い光に、草薙は返す言葉を失った。思わず顔をそむけた時、スマートフォンに着信があった。部下の一人だが、ある調査を任せてある。

「草薙だ。どうかしたか」

「『いるかハイツ』の住人に根岸秀美の写真を見せて回ったところ、一か月ほど前に話をしたという女性が見つかりました。島内園香の部屋の斜め下に住んでいる主婦です」

草薙はスマートフォンを握る手に力を込めた。「確かなのか?」

「間違いないと思います。お歳なのに奇麗に化粧してるなあと感心した覚えがあるとか」

説得力のあるエピソードだ。草薙は頷いた。

「で、どういう状況で、どんな話をしたんだ」

「買い物しようと部屋を出たところで呼び止められたみたいです。斜め上の部屋に住んでいるカップルのことを知っているかと尋ねられたので、顔ぐらいは知っているけれど話したことはない、男性のほうが乱暴な人みたいだから関わらないようにしている、と答えたそうです。すると、どんなふうに乱暴なのかと訊いてきたので、自分はよく知らないが、しょっちゅう女性に暴力をふるっていると隣の人から聞いた、と答えたらしいです」

「ほかには？」

「話したのはそれだけのようです。もっとあれこれ尋ねたそうだったけど、面倒なことに巻き込まれたくないので、自分はよく知らないと繰り返して逃げたそうです」

「正確な日時は？」

「それはちょっと思い出せないようです。ひと月ほど前というだけで」

「そうか……。アパートの住人すべてに当たったのか」

「まだ二軒残っていますが、どちらも留守のようです。もう少し待ちます」

「わかった。よろしく頼む」

電話を切った後、草薙は今のやりとりを内海薫に話した。

「あの話と一致しますね。私が上野の生花店で聞いてきた話です。根岸秀美さんは島内園香さんを訪ねて来店したけれど園香さんは休みだった、そこで店長の青山さんに最近の園香さんのことをいろいろと質問した――あれも一か月ほど前ということでした」

「秀美ママか……。どうやら見過ごすわけにはいかないようだな。だが松永奈江が島内園香を連れて逃げ回っていることと、どういう関係があるんだ？」

「あっちの問題はどうしますか？」内海薫が訊いてきた。「松永さんに密告している人物のことは？」

草薙は右手で左肩を揉み、首を回した。関節が鈍い音をたてた。係長になってから、肩こりがひどくなった気がする。

「この際だ。一石二鳥を狙うとするか」そういってスマートフォンを取り上げたが、画面に触れる前に内海薫のほうを見た。「上野の生花店に行ってくれ。確認してほしいことがある」

14

エレベータホールのボタンを押して振り向くと、湯川は興味深そうに壁に並んだ看板を眺めていた。

「懐かしそうだな」草薙はいった。

「こういう店に来るのは何年ぶりかと考えていた。いつだったか、君に誘われて変わった店に行ったことがあっただろう。透視のできるホステスがいるという店だ。たぶんあれ以来だな」

「透視ホステスか。そんなこともあったな」

ずいぶんと前の話だ。あの透視トリックを湯川がどうやって見破ったか、思い出せなくなっていた。どういうトリックだったかも忘れている。

しかしそのホステスが殺害され、その解決に湯川の謎解きが役立ったことは覚えている。その時だけではない。この友人の物理学者には、数えきれないほど助けられた。

十階まで上がると、エレベータを降りるなり前回と同様、いらっしゃいませっ、と威勢のいい声が横から飛んできた。黒服が素早く寄ってくる。

「草薙様、またすぐにお越しいただき、ありがとうございます」恭しく挨拶した後、ちらりと草薙の後ろに目を向けた。

「今日は二人だ。なるべく隅の席がいい。それから秀美ママに会いたいな。それまでは女性はつけてもらわなくて結構だ」

「かしこまりました。このところ秀美ママは、ほぼ毎日出勤しております。間もなく姿を見せるのではないかと思います」

「それは何よりだ」

案内されたのは、店内を見渡せる一番奥のテーブル席だった。店側としては上客のために取っておきたいはずの特等席だが、まだ時間帯は早い。どうせ草薙たちは、用が済めばすぐに立ち去ると踏んでいるのだろう。

若い黒服が草薙のボトルを持ってきた。

「俺にはウーロン茶をくれ」

草薙の言葉に、かしこまりました、と黒服が答えた。

「酒は飲まないのか」湯川が訊いてくる。

「今日は我慢だ。この後、本部に戻るかもしれない。おまえは遠慮なく飲んでくれ」

「もちろんそのつもりだ」

湯川はソーダ割りを所望した。

「捜査の進捗状況はどうだ？」黒服が去った後、タンブラーを手に湯川がいった。

「順調とはいいがたいが、トンネルの出口は見えかけている。少々おぼろげだがな」

「松永奈江さんの容疑は、依然として濃いままか」

「薄くはならないな。島内園香と共に消息を絶ち、誰とも連絡を取っていない。事件に何の関係もないと考えるほうが不自然だ」

「その意見には反対しない」

「それはよかった」

「しかし君は一点、重要なことを忘れていないか。それは、もし彼女たちが犯人なら、逃走や潜伏には何の意味もないってことだ。いずれ資金が尽きるだろう。飢え死にするまで逃げ続けるつもりだとでもいうのか」

「それはないだろう。何か考えがあってのことだと思う」

「どういう考えだ？」

「それはわからん。ただ、こういう可能性はあると思っている。彼女たちだけの考えで行動しているとはかぎらない、裏で糸を引いている人間がいるかもしれない」そういって草薙は、じっと湯川の目を見つめた。

だが金縁眼鏡の向こうにある目は、些かも揺らぐことはなかった。

「ほう、それはなかなか興味深いな。そう考える理由は？」

「それは捜査上の秘密だ。いくらおまえでも話せない」

「そうか。それなら仕方ないな」

湯川が視線を草薙の後方に向けた。振り返ると和服姿の根岸秀美が近づいてくるところだった。

「草薙さん、本当にまた来てくださるなんて感激」

秀美は二人の向かい側の席に腰を下ろした。

「仕事を口実に高級クラブに来られるんだ。チャンスを生かさない手はないだろ。ママ、紹介しておくよ。こいつは湯川、大学時代の友人だ」

「そうなんですか。草薙さんにはいつもお世話になっております」秀美はすでに手に持っていた名刺を湯川のほうに差し出した。

「こう見えても、こいつは帝都大学の教授なんだ」

「まっ、そんな偉い方とお近づきになれて光栄です」秀美は腰を浮かせると、草薙のほうに顔を寄せてきた。「湯川先生はどういうタイプの女性がお好みかしら」

「もちろん美人がいい。若くて奇麗な子をつけてやってくれ」

「承知しました」

秀美は通りかかった黒服を呼び止め、何やら耳打ちした。草薙が隣を見ると、湯川は横を向いている。やりとりが聞こえていないふりをしているのだろう。

やがてクリーム色のドレスに身を包んだ長身の女性がやってきて、挨拶してから湯川の隣に座った。なかなかの美人だから、湯川も悪い気はしていないはずだ。

「草薙さんにも、誰か呼びましょうか？　先程、仕事を口実に、とおっしゃいましたけど」

「いや、俺はまだいい。それよりママに確認したいことがある。ほかでもない、島内園香さんのことだ。しつこいようだが付き合ってくれ」

「構いませんよ。どんなことでしょう？」

「前回、このところ彼女には全く連絡を取っていないといったけれど、本当にそうなのかな。もう一度考えてみてくれ。電話をかけたとか、生花店に会いにいったとか、そういうことはなかったか」

秀美は考え込むように首を傾げた後、ああ、と頷いた。

「うっかりしていました。そういえば先月か先々月に、上野のお花屋さんに行きました。園香ちゃん、どうしてるかなと思いましてね。でも風邪をひいているとかでお休みで、結局会えなかったんですよ」

「ふられた相手を追い回すような見苦しいことはしない、と前はいってたじゃないか」

「もちろん、そんなつもりはありません。ほんの気まぐれです」

「それにしては、店の人に園香さんのことをあれこれ尋ねていたようだが。勤務時間とか、仕事は忙しいのかとか」

「雑談のつもりでした。深い意味なんてありませんよ。前回、きちんとお話ししておけばよかったんですけど、何しろすっかり忘れていたものですから。そんなことを確かめるために、わざわざ来てくださったんですか？　こちらは大助かりですけど、無駄足を踏ませちゃいましたね」

「そんなことはない。いっただろ、仕事は口実だって」

「それならいいんですけどね」

「もう一つ教えてほしい。島内園香さんに会った時のことだ。知り合いがシャンソンのソロライブをするので、贈る花を選んでもらったという話だったな」

「ええ、そのようにお話ししました。それが何か？」

「何というライブハウスだ？」

「店の名前ですか？　ええと……」根岸秀美は斜め上に視線を向けた。「ごめんなさい。それはちょっと覚えてません」

「場所はどこだ？　銀座か？」

いえ、といって根岸秀美は首を傾げた。

「銀座ではなかったような気がします。あら、どこだったかしら……」

「何だ、行ったくせに場所を覚えてないのか」草薙は苦笑してみせた。

「いよいよボケてきましたかね。でもそうじゃなくて、じつは行ってないんですよ」

「行ってない？　どういうことだ」

「招待されたんですけど、都合がつきませんでね。それで花だけ贈ったというわけです」

「そういうことか。じゃあ、その人の名前を教えてもらえないか」

「お名前ですか。ええと、たしか……ウチダさん、いえウチヤマさん……ああ、やっぱりウチダさんだ。下の名前は何とおっしゃったかなあ。知り合いといいましたけど、本当のところ、あまりよく知らない人なんです。代議士先生のパーティ会場で、たまたま同じテーブルについた女性でしてね」

「名刺とかはないのか」

「ここにはありません。家に帰って捜せば見つかるかもしれませんけど」

「だったら捜しておいてくれないか。見つかったら連絡をくれ」草薙は携帯電話番号を書いた名刺を差し出した。

わかりました、といって根岸秀美は受け取った名刺をバッグに入れた。

「でもどういうことですか。あの時のライブが何か問題なんでしょうか」

「そういうことじゃなくて、わかりやすくいえば警察もお役所の一つだってことだ。どんな些細な情報も詳しく書類に残せといわれている」

「そうなんですか。それはまたまたお務め御苦労様です」根岸秀美は両手を膝に置き、頭を下げてきた。

「話は終わったのかな」湯川が横から入ってきた。

「とりあえず、終わった」

「だったら、僕からママさんに質問させてもらってもいいかな」

「構いませんよ」秀美が応じた。「どんなことでしょう？」

「店名についてです。『ボウム』というのは、どういう意味ですか。辞書で調べても見つからないんですが、英語ではないのかな」

ああ、と根岸秀美は笑顔で頷き、バッグから自分の名刺とボールペンを出してきた。

「お客様からよく訊かれます。この店を出す時、絶対に成功させるって誓ったんです。誓いを立てるを英語に直すと、こう書きます」

彼女は名刺の余白に、『make a vow』と書いた。

「この『vow』の後ろに『make』の『m』を付けて『VOWM』というわけです」

首を伸ばして名刺を見下ろした湯川は、首を縦に何度か動かした。

「そういうことでしたか。だけど少々意外でもありますね」

「どうしてですか」

「僕は何となく、元は日本語ではないかと思ったものですから。漢字をいろいろと当ててしまいました」

「そうでしたか。いえ、そうじゃありません。期待を裏切ったようで申し訳ないですけど」

「なぜ日本語だと思った？」草薙は訊いてみた。

「何となくといっただろ。特に理由はない。忘れてくれ」

湯川は小さく手を振り、タンブラーを取った。バーボンのソーダ割りを口に含む友人の横顔を見て、草薙は考えを巡らせた。この物理学者が意味もなくこんな発言をするはずがない。

「さて、お仕事は終わったということなら、女の子を呼びましょう。今夜はゆっくりと楽しんでいってくださいね」

「うん、そうしよう」

草薙がそういった直後、ぽんと肩に手を置かれた。湯川だった。

「せっかくだが、僕はこれで失礼する。楽しかった。ありがとう」

「何をいってるんだ。楽しむのは、これからだぞ。俺のことなら気にしなくていい。自慢じゃないが、ウーロン茶で盛り上がれる性格だ」

「十分に楽しんだし、君のことを気遣っているわけでもない。大事な用を思い出したんだ。

――ママ、また近々お目にかかれるのを楽しみにしています」そういって湯川は上着の内側から名刺を出してきた。

　根岸秀美は両手で名刺を受け取った。

「それは残念ですね。是非またいらしてください」

「おまえが帰るんじゃ、俺だけ残るわけにもいかない」草薙はタンブラーに残っていたウーロン茶を飲み干した。「ママ、支払いはいつものように頼む」

「あらあら草薙さんまで。今夜もお早いお帰りなんですね」

「この次こそ、ゆっくりと寛がせてもらうよ」湯川が腰を上げるのを見て、草薙も立ち上がった。

　前回と同様に、根岸秀美が一階まで見送ってくれた。ビルを離れながら草薙は通りの反対側に目を走らせた。狭い路地に立っているスーツ姿の男は捜査員だ。いうまでもなく、根岸秀美を見張らせているのだった。

　角を曲がってから草薙は足を止めた。

「湯川、一時間だけ付き合え。大事な用があるなんて、どうせ嘘なんだろ？」

　湯川は神妙な表情で草薙を見つめてきた。

「嘘ではない。これから横須賀に戻り、母の介護を手伝うという大事な使命がある」

　草薙は吐息を漏らした。

「そうだったな。じゃあ三十分でいい。コーヒーの旨い店がある。俺の奢りだ」

「それは断る。割り勘でいい」

「義理を作りたくないってことか。まあ、いいだろう」

その店は外堀通り沿いにあった。レトロな雰囲気が売りで、名物はアイスコーヒーだ。

「たしかに旨い」ストローを使わず、ブラックでひと口飲んでから湯川はいった。「アイスコーヒーなのに、これだけコクと香りを味わえるのは素晴らしい」

「そうだろう？　絶対におまえが気に入ると思った」

湯川は銅製のマグカップを置き、背筋を伸ばした。

「で、話というのは何だ。いっておくが、三十分経ったら君の話が終わってなくても僕は席を立つからな」

「わかった。では単刀直入に訊こう。おまえ、いつから関わっている？　最初からか？　いや、それはないよな」

湯川が右の眉だけを上げた。「何の話かな」

「とぼけるな。三十分しかないんだから、無駄な駆け引きはしたくない。松永奈江に連絡し、湯沢のリゾートマンションから離れるように指示しただろ」

湯川は指先で眼鏡の位置を直した。「君がそう考える理由は？」

「簡単なことだ。今日の午後、リゾートマンションに捜査員を差し向けたところ、もぬけの殻だった。松永奈江と島内園香が昨日の夕方にマンションを出るところが防犯カメラに映っていた。松永夫妻がしばしば吾朗氏のスキー部仲間のリゾートマンションを使っていたことを俺たちが掴んだのは、昨日の昼間だ。内海が電話で知らせてきた。その数時間後に松永奈江たちは行動を起こしている。あまりにもタイミングがよすぎる。誰かが二人に密告したと考えるのが妥当じゃないか？」

「それが僕だという根拠は？」

「おまえしかいない。リゾートマンションの話を内海と一緒に聞いていた。そして松永奈江に連絡を取れる数少ない人間だ」

湯川はマグカップに手を伸ばし、アイスコーヒーを飲んだ。無言は肯定を示していると草薙は解した。

「横須賀の御両親のマンションを出た時から、俺には違和感があった。おまえが急に協力的になったからだ。松永奈江と個人的な繋がりがあるといっても、何度かメールのやりとりをしただけで深い付き合いはないはずだ。ところがおまえは島内園香の母親が働いていた児童養護施設に出向いたり、松永奈江が以前住んでいた場所に足を運んだりしている。おまえの狙いは何だ？　俺に何を隠している？」

湯川はマグカップをテーブルに置き、草薙を見つめてきた。

「君を裏切ってはいない。捜査の妨害もしていないつもりだ」

「ふざけるなっ」草薙はテーブルを叩いた。

周りの客たちの視線が一瞬集まった。草薙は咳払いをしてから、「島内園香たちを逃がしておいて、よくそんなことがいえるな」と声を落としていった。

「島内園香さんは犯人ではない。アリバイがあるんだろ。そしていうまでもなく松永奈江さんも犯人じゃない。そんな人間を追うこと自体がナンセンスだ」

「だったらなぜ逃げる？」

「警察に捕まりたくないからだ」

「はあ？　おまえ、自分が何をしゃべってるのかわかってるのか」

「では僕から質問だ。君は島内園香さんや松永奈江さんが犯人だと思っているのか？　違うだろ？　君が疑っているのは『ＶＯＷＭ』の秀美ママだ。どうだ。外れているか」

草薙は顔をしかめ、指先で眉の横を掻いた。「有力な容疑者だといっておこう」

「彼女を疑う理由は？」

「いくつか嘘をついている。島内園香との関係は、彼女がいうような単純なものじゃない。シャンソンのソロライブをする知り合いに贈る花を選んでもらったといっていたが、内海に調べさせたところ、あの生花店ではこの一年、シャンソンのライブハウスに花を届けたという記録はないそうだ」

「さっき彼女は、自分はライブには行ってないといってたな。つまり自分で花を運んだわけでもないわけだ」

どうやら草薙たちのやりとりを聞いていたらしい。

「そういうことだ。ほかにも隠していることがある。島内園香が住むアパートに行って、生活ぶりを近所の人間に訊いたりしている。その時に上辻のＤＶを知った可能性も高い。しかし犯人とするには決め手がない」

「動機か？」

「まあ、そういうことだ。おまえが内海にいったように、ＤＶから島内園香を救う手はほかにもある。さあ、おまえの質問には答えたぞ。次はそっちが答える番だ。おまえは何を企んでいる」

湯川は一旦視線を下に落とした後、改めて草薙のほうを向いた。

「その問いかけには必ず答える。ただし、もう少し待ってほしい」

「この期に及んでそれはないだろ。おまえ、レールガン事件を覚えてるだろ。あの時、おまえを公務執行妨害で逮捕することもできたんだぞ」

湯川は口元を緩めた。「じゃあ、今度こそそうするか？」

「俺は本気でいってるんだ」

「もちろん僕もそうだ」湯川は不意に両手をテーブルに置いた。「長くは待たせない。少し時間をくれ。この通りだ」そういって頭を下げた。

草薙は面喰らい、混乱した。この友人がこんな態度を取るのを見たのは初めてだ。

「湯川、おまえ……」

何を隠している、と訊こうとしてやめた。答えるはずがなかった。その代わりに、頭を上げろ、といった。

「さっきの言葉に嘘はないな。捜査の妨害はしていない、という言葉だ」

「約束しよう。君を裏切らないということも」

「わかった」草薙は頷いた。「俺もおまえを信じる」

湯川は笑みを浮かべ、時計を見た。

「三十分は必要なかったな」懐から財布を出し、千円札をテーブルに置くと、「今夜は楽しかった」といって立ち上がった。

湯川が店を出ていくのを見送った後、草薙はスマートフォンを取り出し、登録してある番号に電話をかけた。この近くで待機しているはずの部下だ。すぐに繋がり、はい、と返事があった。

「今、どこにいる?」

「係長たちが入られた喫茶店の向かいです」

「湯川が出ていったはずだ」

「見えています。歩いておられます」

「尾行しろ。見失うなよ」

「了解です」

電話を切った後、草薙はマグカップを手にした。友人を信じていても、警察官としての任務は果たさねばならない——。

15

最後の客がエレベータに乗り込み、ドアが閉まるのを見届けてから秀美は腕時計に目をやった。間もなく午前一時になろうとしている。閉店時刻は零時だが、これぐらい遅れるのはいつものことだ。

フロアマネージャーに後のことを任せると、控え室で手早く支度を済ませて店を出た。エレベータに乗っている間、何度か深呼吸を繰り返した。今夜、これからどんなことが起きるのか、まるで予想がつかなかった。いいことなど期待していない。起きるとすれば、悪いことだ。あるいは悪いことを知らされるのか。いずれにせよ、何らかの対応が可能な範囲ならいいのだが、と思った。

ビルを出て、秀美は歩きだした。午前一時を過ぎたのでタクシー乗り場に行かなくても空車を拾えるが、目的地が近いので止めるのは気が引けた。

中央通りから外れたところに、その店はあった。店にいる間にスマートフォンで場所を調べてあったので、見つけるのに苦労はしなかった。小さなビルの地下一階だ。

細い階段を下り、ドアを開けた。中は薄暗い。カウンターがあり、その向こうに男性のバーテンダーが立っていた。いらっしゃいませ、と低い声で挨拶してきた。

秀美は店内を見回した。隅の小さなテーブルに、待ち合わせの人物はいた。いや、待ち合わせというのはふさわしくないか。

近づいていくと、相手の人物はスマートフォンから顔を上げた。

「お待たせしました」秀美はいった。

「もしかすると来ていただけないかもしれないと思っていました」にっこりと笑ったのは、数時間前に草薙から紹介された大学教授の湯川だ。

「そんなわけにはいきませんよ。こんな意味ありげな名刺を渡されたら」秀美は向かいの席に座り、バッグから出した名刺をテーブルに置いた。湯川の名刺だが、余白の部分に次のように書き込んである。

『閉店後に「バー　クロスボウ」（銀座二丁目）でお待ちしています』

ウェイターが来て、注文を尋ねた。

秀美は湯川の前を見た。細長いタンブラーに薄い琥珀色の液体が入っており、細かい気泡が踊っている。

「何をお飲みになっているのかしら？」

「これですか。アードベッグのソーダ割りです」

「じゃあ私も同じものを」

かしこまりました、といってウェイターが退いた。

秀美は先程の名刺を改めて手に取った。

「こんなもの、いつ用意されたんですか。店にいる時ではないですよね。お書きになっている暇なんてなかったと思いますから」

「御明察です。事前に書いておきました。あなたの回答次第では、出番がなくなるはずでした」

「回答？　さて、何のことでしょう？」

「もちろん、店名の由来についてです。もう少し説得力のある話なら、今夜は見送っていたかもしれません」

「説得力、ありませんでした？」

「誓いを立てる、を英語でいえば『make a vow』。そこまではよかったんですが、『vow』の後ろに『m』を付けたという説明はいただけません。いかにもこじつけという感じがします」

「そういわれましてもねえ。インスピレーションとしかいいようがないんですけど」秀美は名刺をバッグに戻した。

ウェイターがやってきて秀美の前にタンブラーを置いていった。いただきます、といってひと口含んだ。スモーキーな香りが喉から鼻に抜けた。

「千葉に『あさかげ園』という児童養護施設があります。御存じですよね」

「アサカゲエン……」秀美はぎこちない口調でいい、首を傾げて見せた。「さあ、聞いたことはないですけど」

「その施設で、半年ほど前に奇妙なことがありました。警察の依頼を受けたという人間がやってきて、公式サイトで使用している人物画像について本人の承諾を得ているかどうかを尋ねたそうです。施設の人が得ていると答えたら、調査員は一枚の画像を指定し、ここに映っている人物に確認したいので、今すぐに本人に連絡を取ってみてくれといいました。いわれるままに施設の人は連絡を取り、調査員に電話をかわりました。この話自体はここまでなのですが、奇妙なことに警察ではそんな調査をしていないそうなんです。つまりその調査員は偽者だったということになります。一体どういうことだったのでしょう」

「さあ、そんな話を私にされても……」秀美は小さく肩をすくめた。内心の動揺を顔に出さない自信はあったが、やはり心は穏やかではなかった。「何のことだかさっぱりわかりません。一体何をおっしゃりたいのかしら」

「でもこのことを聞けば、少しは興味が湧くんじゃないですか。調査員が指定した画像に映っていたのは島内園香さんだったのです。しかも彼女が小学生の時の画像でした」

「園香ちゃんの？」眉をひそめ、首を傾げた。「どういうことでしょう？」

湯川はテーブルに置いてあったスマートフォンを取り上げ、いくつか操作してから画面を秀美のほうに向けてきた。「この画像です」

秀美は顔を近づけた。数えきれないほど何度も見た画像だったが、初めて目にしたように驚きの表情を作った。

「ほんと、園香ちゃんだわ。へええ、やっぱり昔からかわいかったんですねえ」

「じつは園香さんのお母さんが当時その施設で働いておられて、そこで開催されたクリスマスイベントに園香さんも参加していたのです。この画像はその時のものです」湯川はスマートフォンを元の場所に置いた。「さて、警察関係の調査員だと偽った人物の目的は何だったのでしょうか。話を整理してみると、その人物は確実に二つの情報を手に入れています。ひとつは画像の少女の名前が島内園香だということ、そしてもう一つはその連絡先です。つまりその人物の目的は最初から、そのクリスマスイベントの画像に映っている一人の少女の身元を調べることだった、と考えれば筋が通ります。話を聞くかぎり、その手口は極めて巧妙だったようです。何しろ施設の人々は、未だに何も疑ってませんからね。役者並みの演技力と度胸があったといえます。しかし、そんなことがふつうの人間にできるでしょうか。どう考えても素人が思いつきでこなせる芸当ではありません。僕の推理はこうです。その人物はプロだった。依頼人の求めに応じ、特定の人物の身元を調査することを生業（なりわい）にするプロ、つまり所謂私立探偵だった」

「探偵？　へえ、何だか話が俄然面白くなってきましたね。まるでドラマみたい」秀美は笑顔を作り、目を見開いてみせた。「大学の先生って、やっぱり話がお上手なんですね」

「探偵だとすれば、問題は誰が依頼したか、です」湯川は彼女の挑発に乗ってこず、淡々と話を続けた。「ある人物が児童養護施設の公式サイトにあるクリスマスイベントの画像を見つけ、そこに映っているひとりの少女の身元を知りたいと考えた。十歳ぐらいのかわいい女の子です。さて、ある人物とは、どんな人間でしょうか」

「ふつうの人間ではなさそうですね」秀美はいった。「そんなことを考えるのは変質者に決まっています。何しろこんな御時世ですから、幼い女の子に興味のある男が、たまたまインターネットで見つけた女の子に夢中になって、何とか身元を知りたいと考えても不思議じゃありません」

「それは妥当な考えです。でも、この場合は当てはまりません。画像をよく見るとクリスマスツリーに年度を示す数字が飾りつけられていて、それを見れば十年以上前に行われたイベントだとわかるからです。幼女趣味の男が画像の少女に恋をしたところで、今や彼女は立派な大人の女性というわけです。探偵に依頼した人物は、昔の画像だとわかっていながら、少女の身元を知ろうとした。変質者の発想とは思えません。ではその目的は何だったのか？」

「さあねえ、私にはさっぱりわかりません。そもそも湯川先生は、なぜ私にそんな話をされるのかしら？　正直少々、というよりかなり戸惑っているんですけど」

湯川は再びスマートフォンを操作し、画面を秀美のほうに向けてきた。園香の姿が、いや彼女の胸に抱かれた人形がアップになっている。脈拍(みゃくはく)が一気に増えるのを秀美は感じた。

「その人物にとって、撮影時期が十年前だろうが二十年前だろうが関係なかったのです。なぜなら人間は年月が経てば変わりますが、人形は変わらないからです。その人物が注目したのは少女ではなく、彼女が抱えている人形だった」

「その人形がどうかしたんですか」頬が強張り、迂闊(うかつ)にも声が震えてしまった。

「『あさかげ園』に行って、この人形のことを訊いてみました。するとこれは園香さんが大切にしていた人形で、施設へ遊びに来る時にはいつも持っていたそうです。でも本来は園香さんのものではなく、お母さんからのお下がりだということでした。お母さんの名前は千鶴子さん。千鶴子さんは『あさかげ園』の出身、つまり身寄りがなかったのです。画像の中で園香さんが抱えていたのは、そんな千鶴子さんが大切にしていた手作りの人形でした。さて探偵に依頼した人物は、なぜその人形に注目したのか。僕の推理はこうです。人形は、かつて依頼人が作ったものだった――」

秀美は答えず、宙を見つめた。

一瞬、すべての物音が消えたように秀美は感じた。世界が止まってしまったような感覚だ。本当にそうならば、どれほどいいだろうと思った。このまま何もかもが永遠に動かなければいい。

しかし冷徹な学者は、それを許してくれそうになかった。

「探偵が『あさかげ園』にやってきてから間もなく、島内園香さんの周りで変化が起きました。ひとりの女性が彼女に近づいてきたのです。その女性は園香さんを自分が経営するクラブで雇いたいと思った、と草薙警部に説明したようですが、果たして本当でしょうか。僕は全く違う理由だと睨んでいます」

「どんな理由だと？」秀美は尋ねた。最早、この人物がどこまで見抜いているかを確かめたほうがよさそうだ。

「彼女は知りたかったのです。人形を園香さんが誰から貰ったか、そして元の持ち主はどこの誰で今はどうしているのかを。——根岸さん」湯川は柔らかい口調で呼びかけた後、スマートフォンの画面を指した。「正直に答えてください。この人形は、あなたが作ったものですね？」

秀美は湯川の端正な顔を眺めた。不思議に気持ちは落ち着きつつある。

「どうしてそうお思いになるの？」

「名前です」

「名前？」

「この人形には名前があるんです。『あさかげ園』の人から聞きました。いつだったか、園香さんがいったそうです。この人形には秘密の名前があると。人形の服を脱がせると、背中に書いてあったそうです。こういう字です」

湯川は懐から小さなメモを出し、秀美の前に置いた。

そこには『望夢』とあった。

「人形の性別はわかりません。男の子なら『のぞむ』、女の子なら『のぞみ』と読むのでしょうか。子供が生まれたらつける予定だった名前ではないか、と僕は想像しています。実際には女の子が生まれたようですが、彼女にこの名が付けられることはなかった。この名が生かされたのは、それからずっと後、一軒のクラブが銀座でオープンした時です。ただし『のぞむ』でも『のぞみ』でもなく、音読みされたものでした。『ボウム』です」

ははは、と秀美は笑った。実際におかしかったのだ。もちろん湯川の推理を滑稽だと思ったからではない。何十年間も隠し続けてきた秘密だったが、聡明な人間にかかればこれほどまで簡単に解き明かされるのかと思うと、大切に守ってきたことが馬鹿馬鹿しく思えたのだ。

とはいえ、ここで素直に認めるわけにはいかなかった。

「素晴らしい想像力。お見事ですね」秀美は拍手してみせた。「でもその話、何か証拠があるんでしょうか」

「証拠を出せといわれれば、DNA鑑定が手っ取り早いでしょうね。人形を作った人物と、それを持っている人物。二人は赤の他人でしょうか。祖母と孫娘——二親等以内なら、ほぼ確実に鑑定できます」

秀美は大きく深呼吸した。

「どうしてそれを明らかにしたいのですか？　そんなことをして先生にとって何か得なことでもあるんでしょうか」

「僕にもいろいろと個人的な事情がありましてね、草薙たちの抱えている事件が一刻も早く解決してほしいわけです。しかもできるかぎり穏便な形が望ましい。犯人が自ら名乗り出てくれる、とか」

秀美は湯川の目をじっと見つめた。

「私が犯人だとおっしゃりたいの？」

「証拠はありません。警察も、まだ決定的なものは摑んでいないでしょう。でも草薙はあなたを疑っています。もしかすると明日以降、少々強引な手を打ってくるかもしれない。別件逮捕して家宅捜索、とか。そうなればスマートフォンの位置情報の履歴の開示も求めてくるでしょう」

家捜しされて困るようなものはないはずだ、と秀美は考えを巡らせた。スマートフォンは三日前に買い替えたが、行動履歴は電話会社にも残っているのだろうか。機種によって違うと聞いたことがあるような気がする。

「さらに警察は僕にも目をつけています」

「先生に？」

湯川はハイボールを飲むと、タンブラーをテーブルに戻しながら少し顔を近づけてきた。

「この店のカウンターの一番端に、男性客がいます。僕がここに来てから数分後に入ってきました。おそらく刑事です。僕を尾行してきたんでしょう。ついでにいえば、あなたの行動も見張られています。店の外に刑事がいるはずです」

秀美もタンブラーを手に取った。緊張のせいで喉が渇いている。

「私はともかく、なぜ警察が先生を？」

湯川は眼鏡の位置を直し、にやりと笑った。

「僕が事件解決の切り札を握っていると思っているからです」

「切り札って？」

「島内園香さんにコンタクトを取る方法です」

驚きのあまり、秀美は思わずタンブラーを倒しそうになった。

「どうしてあなたが園香ちゃんと？」

湯川は首を横に振った。

「島内さんとは何の関係もありません。会ったこともないです。僕が繋がりを持っているのは、島内さんと行動を共にしている女性です」

やはりそういう人物がいたのか。秀美は合点した。園香だけで逃亡しているとは思えなかったのだ。それにしても――。

「どこの誰ですか？」

「心当たりはないんですね」

「ございません」

「だったら、あなたには無関係の人物なので話す必要はないでしょう。でも信用できる人間とだけはいっておきます。大事なのは、この切り札をいつまでも草薙に隠してはおけないということです。いずれは打ち明けねばならない。でも僕としては、その前に事件が解決してほしいんです。それもできるかぎり穏便な形で」

穏便な形という言葉を湯川が口にしたのは二回目だ。その点を強調したいのだろう。

「島内園香さんも同じ考えのはずです」湯川は続けた。「彼女が行方をくらましているのは、警察に追及されたくないからでしょう。彼女は自分の口では真相を語りたくないのだと思います。犯人が自首してくれることを願っているのです」

秀美はため息をついた。諦念が急速に膨らむのがわかった。ごまかしきれるものではない、と最初から覚悟していたことを思い出した。

「強制捜査が始まってからとか、取り調べの最中に罪を自供しても、それは自首とは認められません。あなたに対して警察が何らかの具体的なアクションを起こす前なら、自首として扱ってもらえる可能性が高いはずです。事を起こすなら早ければ早いほどいい、と申し上げておきます」

秀美は頬を緩め、学者の顔を眺めた。「御親切なアドバイス、感謝いたします」

「心を決めていただけるとありがたいのですが」

秀美は真顔に戻った。

「少し考えさせてください。それから、ひとつお願いがあります」

「何でしょうか」

「園香ちゃんと話がしたいんです。もし彼女とコンタクトできるという先生の話が本当ならば、ですけど」

湯川は真剣な目を向けてきた。やがてゆっくりと顎を引いた。

「同行者に連絡し、島内さんからあなたに電話してもらうよう頼んでみましょう。ただし、島内さんがどう行動するかは保証できません」

「それで結構です。私の電話番号は、先程お渡しした名刺に書いてあります」

湯川が内ポケットから名刺を出してきた。

「『VOWM』の由来、こじつけという感じがするといいましたが、よく考えたものだと感心もしています。『make a vow』とはね」

「単なるこじつけでもないんですよ。店を始める時、絶対に成功しようと誓いを立てたのは事実ですから」

「そうでしょうね。その覚悟がなければ生き残れない世界でしょうから」

「おっしゃる通りです」

湯川はハイボールを飲み干して名刺をしまうと、財布を出してきた。

「ここは私に奢らせてください」秀美はいった。「もう少し飲みたいですから。だって、こんなところには今度いつ来られるかわからないでしょう?」

湯川は手を止め、思案するように目を伏せた後、頷いた。「わかりました。ではお言葉に甘えて」

「今夜は……何というか、とても有意義でした。おやすみなさい」

「おやすみなさい」湯川は立ち上がった。

彼が出ていくのを秀美は目の端で見送った。それから間もなく、カウンターにいた男が席を立った。すでに支払を済ませていたらしく、足早に出ていく。湯川を尾行しているというのは事実のようだ。

秀美はタンブラーを持ち上げた。同時にコースターが目に留まった。弓矢のようなイラストが描かれているが、正確にはクロスボーだろう。店名になっている。経営者が趣味にしているのかもしれない。

紙のコースターを初めて見たのは、弘司(ひろし)が働いているバーでだった。もっとも使ったわけではない。彼と店で会うのは昼間で、バーはまだ営業前だった。

弘司——矢野弘司。大きな背中と長い手足。

秀美が『あさかげ園』の門の前に置き去りにした赤ん坊、『望夢』と書いて『のぞみ』と読む名をつけるつもりだった子の父親だ。

16

娘を手放すという犠牲を払ったにもかかわらず、秀美には光が見えなかった。東京に戻ってからも、将来の見通しなどつかなかった。忽ち困窮し、アパートの家賃も払えなくなり、出ていってくれ、と管理人から迫られた。管理人は赤ん坊の姿が見えないことを不審に思っていたはずだが、何も訊かなかった。面倒に巻き込まれたくなかったのだろう。

そんな時、弘司が働いていたバーのママが訪ねてきた。ママとは何度か顔を合わせていたが、きちんと話したことはなかった。弘司が死に、形ばかりの葬儀をした時、少し言葉を交わした程度だ。

赤ちゃんのことが気になって、とママはいった。

「お腹が大きかったでしょ？　その後、どうしたのかなと思って。生まれたんでしょ？」

秀美は、女の子を産んだけれど自分一人では育てられないので実家で預かってもらっている、と嘘をついた。ママは、「ふうん、そうなの」といった。だが信用したのかどうかはわからない。

「仕事はしてるの？」

「いいえ……」

「そう」

ママは値踏みするような目で秀美を見つめた後、バッグから一枚の名刺を出してきた。

「ここで働いてみる気はない？」

秀美は名刺を手に取った。そこには新宿の店名が印刷されていた。クラブのようだった。

「知り合いの店なんだけど、いい子がいないかっていわれてるの。あなた、どう？」

思わぬ話に当惑した。水商売など考えたことがなかった。弘司は自分がそういう世界に身を置いているからか、秀美を近づかせないようにしていた。営業時間中は、バーには絶対に来るなといわれた。酔客に見つかったら酌をさせられる、というのだった。

だがその弘司はもういない。贅沢をいっている場合ではなかった。あまり迷うことなく、やってみます、と答えていた。

その三日後から店に出た。夜の世界は想像以上に華やかで妖艶で、熱量が高かった。だが反面、過酷で冷ややかで、生存競争の激しい空間でもあった。客と女たちは互いに品定めをし、巧妙に獲物の奪い合いを繰り返していた。秀美は最初の一週間で、二人の先輩ホステスから、それぞれ一発ずつビンタをされた。何がいけなかったのかさっぱりわからなかったが、ひたすら謝り続けた。そしてその間に、客たちから数えきれないほど身体を触られた。エレベータの中で無理矢理キスされることなど日常茶飯事だ。

辛かったが、逃げだすわけにはいかなかった。生きていくには耐えるしかないのだ。

やがてそんな伏魔殿のような世界でも、きちんと身を守りながら生き延びていける知恵が少しずつ身についていった。酒の飲み方を覚え、男の扱いにも慣れた。仕事のためと割り切って身体を許すことにも抵抗がなくなっていた。あんたはホステスに向いている、と何人かのママからいわれた。

あっという間に月日が流れた。二十七歳の時、最初のパトロンができた。とうに還暦を過ぎた住職だった。狡猾さと優しさを兼ね備えた人物で、一緒にいると楽しく、刺激があった。気前がよく、月々数十万円の小遣いをくれ、高級マンションに住まわせてくれた。一緒に海外旅行をしたこともある。

子供ができたら産んでもいいといってくれていたが、妊娠はしなかった。夫人との間にも子供がいないようだから、住職のほうに問題があったのかもしれない。

そんなことを考えるたび、我が子を思い出した。いや、常に頭の隅にあったというべきか。今はどうしているだろうか。無事に育てられ、幸せを摑んだだろうか。あの養護施設へ様子を見に行こうとしたのは一度や二度ではない。だがそのたびに思い留まった。あそこにいるとして、今さらどんな顔をして会えばいいのだ。そんな資格は自分にはない。

パトロンの住職との関係は、彼が七十二歳で脳梗塞で倒れるまで続いた。代理だという男性が訪ねてきて、一か月以内に荷物をまとめてマンションから退去するようにいった。去り際に、一千万円が入った封筒を置いていった。バブル景気真っ只中だったから、大して驚かなかった。

それより少し前に、住職の援助を受け、銀座に小さなクラブを開いていた。ホステスが五、六人の小さな店だったが、経営は安定していた。『VOWM』という店名の由来を住職から尋ねられた時、『make a vow』のことを話した。それはいい、と住職は賛成してくれた。以来、誰からも疑われたことがない。

その後も何人かの男性と付き合った。全員が妻子持ちで、結婚の話など一度も出なかった。最後の男性は裏社会と繋がりのある人物だった。どういう仕事をしているのか、詳しく聞いたことはなかったが、いつだったか、外国産のペットを扱っていると漏らしたことがあるから、たぶん密輸に関わっていたのだろう。

密造銃を持っていたのは、その人物だ。護身用だといった。ふつうのピストルとはまるで違う形をしていて、撃つたびに装弾するタイプだった。

試し撃ちをするのに付き合わされたことがある。奥多摩の山中で、秀美も木に向かって撃った。ものすごい衝撃で、身体が後ろに飛んだ。男は笑っていた。

その密造銃を、彼は秀美の部屋に置いていた。油紙に包むなどして、保管に気遣っていた。分解や手入れの仕方を秀美も教わった。

「いつでも使えるようにしておいてくれ」

そんなふうにいっていたが、秀美が把握しているかぎり使われたことはない。

そしてその男もいなくなった。いつからか消息が途絶えていたのだ。銃と弾丸は秘密の隠し場所に保管されたままだった。

そんなふうにして、数十年が瞬(またた)く間に過ぎ去った。

乳癌が見つかったのは六十歳を過ぎて間もなくの頃だ。もう見たり触りたがったりする男性も現れないだろうと思い、切除を選んだ。しかし醜(みにく)い傷跡を目にすると、やはり心が痛んだ。何か月たっても、何年経っても、裸で鏡の前に立つことには慣れなかった。

再発へのおそれが消えないのも、気持ちを塞(ふさ)がせた。検査を受けるたびに悪い結果を予想し、憂鬱(ゆううつ)になった。

六十代半ばを過ぎると、信頼できるスタッフたちに店を任せ、秀美はあまり客の前に出なくなった。パトロンだった住職をはじめ、多くの男性たちのおかげで店は大きくなり、副業にも成功し、それなりの貯えもできた。いつ引退してもいいという気になっていた。死の訪れを意識しない日はなかったが、もう思い残すことはないはず、とそのたびに自分を納得させようとした。

だがそんなふうに考えた時、必ず心に引っかかるものがあった。五十年近くも前に捨てた赤ん坊のことだ。

インターネットの扱いに慣れてから、時折覗いているサイトがあった。女児を捨てた『あさかげ園』の公式ホームページだ。更新は頻繁ではないが、イベントが行われた後などに画像がアップされていることがあるのだ。そこに映っている子供たちの明るい笑顔を見て、我が子がどのように育ったか、今はどんな大人になっただろうかと、あれこれ想像するのが楽しみだった。もちろん、いつも自責の念が伴ったが。

ある時、ひとつの画像に目が釘付けになった。映っているのは小学校の高学年ぐらいの少女だったが、その子が抱えているものを見て息を呑んだ。

あの人形だった。ブルーとピンクの縞柄のセーターを着た髪の長い人形――間違いなかった。何しろ自分で作ったのだ。忘れるわけがない。

画像は過去に行われたクリスマスパーティの模様を撮影したうちの一枚で、日付は十年以上前だった。つまり映っている少女は、現在は二十歳過ぎということになる。

激しく動揺した。この少女は誰だろうか。なぜこの人形を持っているのか。だが施設に問い合わせたところで、教えてくれるとは思えない。怪しまれるだけだろう。

いてもたってもいられなくなり、悩んだ末、専門家に頼ることにした。調査会社を訪ね、相談してみた。

「この女の子の身元を調べればいいわけですね？　名前と現住所、ほかにはどんなことを知りたいですか」パソコンで『あさかげ園』のホームページを見ながら男性の担当者が訊いてきた。

「できれば、今どういう生活をしているのかを……。あと、生い立ちとか家族とか詳しくわかればありがたいです」

「この画像が撮影されたのはずいぶん前のようですが、掲載されたのは最近だとおっしゃいましたよね。間違いないですか」

「間違いないと思います。少なくとも先月はなかったはずです」

「なるほど。それなら何とかなるかもしれません」

「どういうことでしょうか」

「こういう公式ホームページに人物の画像を掲載するには、映っている本人から許可を得なければならないんです。最近掲載されたということですから、許可を取ったのも最近でしょう。何らかの記録が残っているはずです。それを見せてもらえばいいわけです」

「見せてくれるでしょうか」

「ふつうは無理ですが、そこを何とかするのが我々の仕事です。大丈夫です。うちにはいろいろな人材が揃っておりますので」担当者は自信がありそうだった。

二週間後、結果が出てきた。秀美に提出された報告書には、『対象者氏名：島内園香』と記されていた。住所は足立区となっていた。二十三歳で生花店勤務らしい。五年前までは千葉に住んでいた。母親の当時の勤務先が『あさかげ園』で、園香は施設に入所していたわけではなく、あの画像はクリスマス・イベントに遊びに行って、たまたま撮影されたもののようだ。

そしてその母親は一年前に病死していた。詳しい病名はわからない。だが注目すべきは、その経歴だった。じつは母親自身が『あさかげ園』の出身だったのだ。結婚歴はないようだから、シングルマザーだったことになる。

母親の名前は島内千鶴子、生きていれば現在四十八歳だ。

秀美は身体が震えだすのを止められなかった。置き去りにした日から計算すれば、ぴたりと一致する。

現在園香は足立区のアパートで上辻亮太という男性と同棲しているようだ。その男性に関する詳しい情報はなかった。

この日から秀美は、ひとつのことしか考えられなくなった。島内千鶴子はあの時の赤ん坊、自分の娘だったのではないか、ということだ。もしそうならば、島内園香は秀美の孫娘だ。

調査員は生花店で働く園香の姿をカメラで捉えていた。その画像を眺めていると、どことなく自分に、そして弘司にも似ているように思えてくるのだった。

園香に会いたい、会って確かめたいという思いは、日に日に強くなっていった。いつ癌が再発するかわからない。そうなったら、たぶんもう長くは生きられない。このままでは死んでも死にきれないと思った。

しかし今頃になって名乗り出て、もし本当に島内千鶴子が秀美の娘だった場合、園香はどう思うだろうか。千鶴子から、自分を捨てた母親を憎む言葉を聞かされたことは十分に考えられる。

それでもある日、ついに訪ねていく決心をした。罵倒されたなら詫びるしかないと腹をくった。

住所の場所に建っていたのは古びたアパートだった。入り口のドアが並んでいるのが通りからでも見える。二〇一号室らしいから、二階の一番端だろう。胸を押さえて息を整えてから外階段に向かった。ところがその直後、二階のドアの一つが開いた。まさに一番端の部屋だ。若い女性が出てくると、室内に向かって何か声をかけてからドアを閉め、歩きだした。秀美は足を止め、顔をそらした。

女性は階段を下りてきて、秀美の脇を通り抜けていった。その横顔を秀美はこっそり見た。調査員から受け取った画像の女性に間違いなかった。島内園香だ。

追いかけたい衝動に駆られたが、足は動かなかった。どう声をかければいいかわからなかったからだ。逡巡している間に、園香の背中は見えなくなっていた。

自分は一体何をしているのか、と腹立たしくなった。意を決してやってきたつもりだったが、心の準備を何ひとつしていなかった。情けなさに涙が出そうになった。

その時、再び頭上で音が聞こえた。はっとして見上げると、園香の部屋から男性が出てくるところだった。上辻亮太という同棲相手だろう。部屋に鍵をかけ、階段を下りてくる。

秀美は急いで呼吸を整えた。神様が二度目のチャンスを与えてくれたような気がした。

階段を下りてきた男性の顔をじっと見つめた。相手は気づき、怪訝そうにしている。

あの、と声を発した。男性が足を止めた。

「島内園香さんと一緒に住んでおられる方ですよね。お名前はたしか上辻さん」

男性は警戒する目をした。「そうですけど、おたくは？」

「突然ごめんなさい。根岸といいます。こういう者です」バッグから名刺を出し、渡した。

上辻の表情がさらに曇った。

「クラブ？　何？　園香をスカウトしようってわけですか？」

「違います。仕事は全然関係ないです。個人的に園香さんのことを訊きたいんです。特に園香さんのお母さんについて……」

「園香の母親ですか？　死んだって聞いてますけど」

「存じています。だから生きておられた頃のことをいろいろと教えていただきたいんです」

上辻は相変わらず怪訝そうな表情を崩さない。

「あなたはあいつの母親と何か繋がりがあるんですか？」

「それについては説明するのがすごく難しくて……。あの、これから少しお時間をいただけませんでしょうか」

「これからですか？」上辻は意外そうに声をあげた。「でも園香の母親のことなんて、大して知らないんですけど。会ったこともないし」

「だったら園香さんのことでも構いません。いろいろとお尋ねしたいことがあるんです。教えていただけないでしょうか。もちろん、それなりにお礼はさせていただきます。お願いします」繰り返し、頭を下げた。

渋面を作りつつ、上辻の気持ちが揺れる気配があった。好奇心が刺激されたのかもしれない。やがて彼は腕時計に目を落とした後、「じゃあ、少しだけなら」といった。

近くの喫茶店に入り、改めて向き合った。

秀美は、これを見てほしい、といって一枚の画像を差し出した。例のクリスマス・イベントに参加している園香の画像だ。

「その女の子、園香さんですよね」

「そうみたいですね。ふうん、子供の頃はこんな感じだったのか」

「持っている人形に見覚えありませんか」

上辻は画像を見て、すぐに頷いた。

「知ってますよ。園香が部屋に飾っています。かなり古いもので捨てたらどうだっていったんだけど、母親の形見だからそんなことできないって」

「形見っ」

思わず声をあげてしまい、周りの客から視線を向けられた。

ごめんなさい、と秀美は上辻に謝った。

「それ、本当ですか？」

「本当かどうか、僕は知らないです。でも、園香はそういっています」

秀美は目眩がしそうになった。あまりに急激に気持ちが昂ぶったからだ。やはりそうだった。園香の母親が、あの時に捨てた我が娘だったのだ。

気づくと涙がこぼれていた。途端に上辻が狼狽した。

「どうしたんですか。ちょっと……困りますよ」

秀美は急いでハンカチで目元をぬぐい、ごめんなさい、と謝った。

「そりゃ、困っちゃいますわよねえ。こんなお婆ちゃんに突然泣きだされたら」

「一体どういうことですか」

こうなった以上、事情を話さないわけにはいかなかった。それにここからさらに一歩を踏み出すとすれば、上辻の協力が不可欠だった。

じつは、と秀美は切りだした。約五十年前に自分がやったことを包み隠さず打ち明けた。

最初上辻は半信半疑の表情で聞いていたが、調査会社を使って園香の身元を調べたというあたりから、顔に真剣さが宿るようになった。どうやら目の前にいる老女が妄想を語っているのではなさそうだと気づいたようだ。いつ癌が再発するかわからないので、生きているうちに我が子の消息を知ろうとしたと秀美が話す頃には、何度も頷いていた。

「まさか一年前に亡くなっているとは思いませんでした。でもあの子が子供を産んでいたのなら、どうしてもその子に会いたいと思い、こうして訪ねてきたというわけです。ごめんなさいね。今さら勝手なことをいっているとは、自分でもわかっているんですけど」

上辻は大きく息を吐き、驚きました、といった。

「さっきもいいましたけど、園香の母親については殆ど何も知らないんです。でも身寄りがなかったとは聞いています。そうだったんだ。捨て子だったんですね」

「愚かなことをしたと思いますけど、あの時にはほかに手立てがなくて……」上辻が当惑した表情をしているのを見て、秀美は顔をしかめた。「すみません、こんな言い訳を聞かされても、どうしようもないですよね」

「それで、僕はどうしたらいいんですか」

秀美は姿勢を正すと、少し俯き加減になり、上目遣いに上辻を見た。

「厚かましいお願いなんですけれど、私のことを園香さんに話していただけないでしょうか。お母さんを捨てたという婆さんに会った、と」

上辻は腕組みをして、うーん、と唸った。

「それはいいですけど、あいつ、きっとびっくりするだろうなあ。すぐには信じないかもしれない」

「そうかもしれませんね……」

「で、その後はどうすればいいんですか」

「できましたら、話を聞いた園香さんがどんなふうに反応されたか、教えていただけるとありがたいです。すごく怒ったということなら、そのまま包み隠さずいってくださって結構です」

「わかりました。話してみます。でも会いたくないというかもしれませんよ」

「その時は……それは……」秀美は無理に笑みを作った。「仕方がありません。悪いのは私です。嫌われて当然ですから諦めます」

上辻は浮かない顔つきで、はい、と答えた。嫌な役目だと思ったのかもしれない。

秀美は上辻の連絡先を尋ねた。彼は携帯電話の番号を教えてくれた。

「今日はお仕事はお休みですか」秀美は訊いた。

「いえ、自宅で仕事をしているんです。気分転換に外出しただけです」

「へえ、どんなお仕事を?」

「映像関係です。フリーのプロデューサーなんです」

「ああ、そうなんですね。それで自宅で仕事を」

あの古い木造アパートと似つかわしくないと思ったが、それ以上は踏み込まないでおいた。上辻は大切な協力者なのだ。

「すみません。お忙しいところを邪魔して、おまけに面倒なことをお願いして」秀美はバッグから財布を出し、一万円札二枚を差し出した。「むき出しで申し訳ないんですけど、これで何か美味しいものでも召し上がってくださいな」

「いや、そんな……」

「ほんの気持ちです。遠慮なさらないで」

上辻は少し迷う素振りを見せた後、じゃあお言葉に甘えて、といって受け取った。

その日以来、気持ちが落ち着かなくなった。上辻から話を聞き、園香はどう思っただろうか。今頃になって祖母だと名乗る老婆が現れたと聞いても、戸惑うだけではないか。しかも子供を児童養護施設の前に捨てるような人間では、顔も見たくないと思うのが当然かもしれない。

上辻から電話があったのは、ちょうど一週間後だった。連絡が遅れてすみません、と彼はまず謝った。

「園香に話したらやっぱりすごく驚いて、それでなんていうか、動揺したっていうか混乱したっていうか、どうしていいかわかんなくなっちゃったみたいで、落ち着いていろいろと考えられるようになるまで、かなり時間がかかっちゃったんです」

そうだろうな、と秀美は思った。冷静になれというほうが無理な話だ。

「それで園香さんは、今はどんな御様子でしょうか」

「かなり落ち着きました。それで、会ってみたいといっています」

上辻の言葉に秀美の心臓が跳ねた。「本当ですか」

「はい。血の繋がりのある人がいるのなら、やっぱり会って話を聞きたいと。ええと、どうしますか？」

迷う余地などなかった。何としてでも会いたいと答えていた。

「わかりました。どこへ連れていけばいいですか」

秀美は急いで考えを巡らせたが、適当な場所が思い当たらなかった。園香に会うと、自分がどんなふうに動揺するか想像がつかなかった。公衆の面前で泣きだすようなことは避けねばならない。

躊躇いがちに、自宅に来てもらえないか、と提案してみた。そのほうが落ち着いて話せると思うので、と。

上辻の返事は、いいですよ、だった。「僕もそのほうがいいと思います」

同意を得られ、心底ほっとした。

その翌日、上辻に付き添われ、秀美のマンションに島内園香がやってきた。緊張しているらしく頬を強張らせていたが、きっと自分も同じようなものだろうと秀美は思った。

上辻と園香をソファに並んで座らせ、秀美は床で正座をした。

「例のものはお持ちいただけました？」

秀美がいうと、上辻が促すように隣を見た。園香はトートバッグを開いた。中から出してきたのは、あの手作り人形だった。それをテーブルにそっと置いた。

秀美は腕を伸ばし、震える手で取った。五十年ぶりの感触に、それだけで目頭が熱くなった。かなり色褪せていたが、ブルーとピンクの縞柄のセーターも、そのままだった。秀美はそれをまくり上げ、背中を見た。マジックで記された『望夢』の文字が確認できた。

「間違いありません。私が作ったものです。今まで大切に持っていてくれて、ありがとう」園香を見つめた。

母は、と園香が口を開いた。

「この人形は自分の親を見つけるための唯一の手がかりだ、とよくいっていました。もう少し若い時に今ぐらいインターネットが普及してたら、画像をアップして、心当たりのある人を捜してただろうって」

秀美は口元を手で押さえたが、嗚咽が漏れるのを堪えられなかった。ごめんなさい、ごめんなさい、と繰り返した。

「謝る必要はないです」園香がいった。「母は恨んでなかったです。たぶん余程の事情があったんだろうって。でも会いたがってました。最後まで」

「最後……」

「はい、最後まで」

園香によれば、千鶴子の死因はクモ膜下出血だったらしい。それを聞き、秀美は因果というものを感じずにはいられなかった。弘司の死因も脳出血だった。脳に疾病を抱えるのは遺伝かもしれないと思った。

「ねえ、園香さん、もしお嫌でなかったら、これからもお会いしてもらえないかしら。お母さんのことをもっと聞きたいので」

「はい、あたしは構いません」

「よかったな、園香」横から上辻がいった。「ずっと天涯孤独だったけど、本物のお祖母ちゃんが見つかったわけだ。せっかくだから甘えさせてもらえよ」

「ええ、そうよ。甘えてちょうだい。娘にしてやれなかった分、あなたにしてあげたい。いつでも遊びに来てちょうだい。大歓迎だから」

園香は長い睫をびくびくと動かした後、はい、と小さく頷いた。

実際、その日以来、園香は頻繁に秀美の部屋を訪れるようになった。彼女の口から語られる千鶴子に関する話の多くは秀美が胸を痛めるようなものだったが、中には救いとなるエピソードもあった。園香によれば、千鶴子は『あさかげ園』での生活を苦痛だったとは思っておらず、だからこそいずれはそこで働こうと決めていたとのことだった。いずれはというのは、それまではいくつかの職場を転々としていて、妻子ある男性と深い関係になって園香を産んだのは、その間のことらしい。

事情は違うとはいえ千鶴子もまた結婚できずに出産したと聞き、ここでも秀美は因果というものを感じずにはいられなかった。

園香と過ごす時間が、今や秀美にとって最も貴重なものとなった。すべてに優先し、それを守るためなら何を犠牲にしても惜しくなかった。園香のほうも慕ってくれているようだった。

ある時、上辻が一緒にやってきて、思いがけないことをいいだした。念のためにDNA鑑定をしたいのでサンプルを採らせてほしいというのだ。サンプルを送れば鑑定してくれる会社があるらしい。

断る理由はなかった。だがサンプルを採られる時には少し不安だった。もしこれで血の繋がりが否定されたらと思ったら気が気でなかった。

しかしそれは杞憂に終わった。二週間後に出てきた結果は、秀美と園香の関係を証明するものだったのだ。

それに力を得て、秀美は思いきってこんなことをいってみた。お祖母ちゃんと呼んでくれたら嬉しいんだけど――。

すると園香は目を輝かせて、「呼んでもいいんですか」と訊いた。

「もちろんよ。だってお祖母ちゃんなんだもの」

「わかりました。じゃあ、今度からそう呼ばせていただきますね」

「お願いね。それから、その堅苦しい言葉遣いもやめてちょうだい。これからは敬語なんて使わなくていいから」

園香は少し照れ臭そうにして、「はい、お祖母ちゃん」といってくれた。

夢のように幸せな日々が続いた。毎日が楽しかった。

ところがある時期から、園香の来る間隔が開くようになった。初めの頃は二、三日に一度は来てくれたが、それが週に一度になり、二週間に一度になり、やがてもっと開くようになった。理由を尋ねても、いろいろと忙しくて、という答えが返ってくるだけだ。

ひと月近くも園香が顔を見せなくなり、ついに秀美は我慢しきれなくなった。とはいえ電話をかけて催促するようなことはしたくない。園香には園香の事情があるに違いなく、そんなことをしたら迷惑かもしれない。そこで園香が働いている生花店に様子を見に行こうと思い立った。場合によっては花を買ってもいい。それなら仕事の邪魔をすることにはならない。

ところが生花店に園香の姿はなかった。年配の女性店員がいたので尋ねてみると、体調がよくないので休んでいる、とのことだった。最近の勤務状況を詳しく尋ねたが、特に忙しくなったわけでもなさそうだ。

秀美は俄に心配になった。体調がよくないというだけでは、よくわからない。風邪をひいた程度ならいいが、何か深刻な病気でも抱えているとしたら大変だ。最近、あまり顔を見せなくなったのも、それが原因ではないか。

いても立ってもいられなくなりアパートを訪ねていった。ドアホンを鳴らすと小さい声で返事があり、ドアが開いた。

園香の顔を見て、はっとした。マスクを付けていたからだ。一時期感染症が流行ったことから、マスクが習慣化している人は多い。しかし園香が付けているのを見るのは初めてだった。やはり風邪なのか。

「お祖母ちゃん……どうして？」

「花屋さんに行ったのよ。園香ちゃんの顔を見たくなって。そうしたら休んでるってことだったので心配になって。風邪ひいたの？」

熱はどう、と訊きかけて秀美は言葉を切った。園香の口元を覆うマスクの端から、青痣（あおあざ）がはみ出しているのが見えたからだ。よく見れば、右の瞼も腫れている。

「園香ちゃん、それ、どうしたの？　痣になってるじゃない」

園香はその部分を手で覆った。「何でもない。大丈夫」

「そんなことないでしょ。ちょっと見せて。マスクを外してちょうだい」

「いいから。ほっといて。悪いけど、今日は忙しいから」園香は秀美の身体を押しだすと、ばたんとドアを閉めてしまった。鍵をかける音も聞こえた。

秀美は呆然と立ち尽くした。一体、何が起きているのか。

階段を下りたが、立ち去る気になれなかった。どうしようかと迷っていると、そばの部屋のドアが開き、主婦らしき中年女性が出てきた。園香たちの部屋の斜め下だ。女性は秀美の脇を抜け、歩道に向かっていく。

ふと思いついたことがあり、秀美は女性の後を追った。ちょっとすみません、と声をかけた。

数分後、秀美は再び園香たちの部屋の前に立っていた。ドアホンを鳴らしても無駄だと思い、電話をかけた。

もしかすると着信拒否されているかと思ったが、電話は繋がり、はい、と園香の沈んだ声が聞こえた。

「園香ちゃん、私今、部屋の前にいるの。どうしても確かめておきたいことがあって」

「ほっといてっていったでしょ。お願いだから、帰って」言葉はきついが口調は弱々しい。

「下の奥さんから聞いたわ。彼氏に暴力をふるわれてるみたいだって」

園香が黙り込んだ。

「部屋に入れてちょうだい。話を聞かせて」

しばらくすると鍵のあく音がして、ドアが開いた。

部屋で向き合うと、園香は諦めたような表情で徐にマスクを外した。

秀美は息を止めた。頰には青黒い痣が広がり、唇の端には痛々しいかさぶたが張り付いていた。

「それ、上辻さんに?」

うん、と園香は頷いた。

「いつから?」

「一緒に住み始めて、少ししてからだったと思う」

「原因は?」

「いろいろ。あたしが彼のいうことを否定したり、口答えした時が多いかな。ちょっといい返したただけで、ぷちっと切れちゃう」

　秀美は落胆した。傍からは優しく見えても、裏に回れば妻や恋人に平気で暴力をふるう男はいる。秀美自身が被害に遭ったことはないが、これまでの人生で同じような人間を何人も知っている。上辻がそれだと見抜けなかった自らの迂闊さを呪った。

「それでも好きなの？　一緒にいたいの？」

「前はそうだった。暴力をふるわない時は優しいし、殴った後、すぐに謝ってくれることもあるし。もう二度とこんなことしないとかいって。そういう時には、あたしのほうにも悪いところがあったのかなって思ったりして……」

「だけど、また繰り返すでしょ。そういう男は絶対にそう。それは病気なの。で、死ぬまで治らない」

「わかってる。だから今はもう、正直いって別れたい」

「だったら別れたらいいじゃない。どうして別れないの？」

「そんなことといったら大変なことになっちゃう。あたし、殺されるかもしれない」

「まさか……」

「本当だよ。前に、ちらっとそんなことを仄めかしたら、彼、どうしたと思う？　台所から包丁を持ってきて、俺と別れる気なら、おまえを刺して俺も死ぬ、そういったんだよ」

「そんなの脅しでしょ」

「違うと思う。あれは本気だった。何とか必死でなだめたけど、あんな怖い思いはもうしたくない」

園香の話を聞き、暗い気持ちになった。彼女が大げさに語っているとは思わなかった。そういう男が実際にいることも、秀美はこれまでの経験で知っていた。

その日以来、大きな心配事を抱えることになった。ようやく巡り会えた孫娘に、そんな禍が降りかかっていようとは思いもしなかった。自分が何とかしてやらねば。助けてやらなければ。来る日も来る日もそればかりを考えた。

やがて出した結論は、最初からぼんやりと頭の隅にあったものだった。自分の命と引き換えにしてでも上辻亮太をこの世から葬り去るのだ。どうせ老い先は長くない。それで園香が幸せを手に入れられるなら安いものだ。

問題は方法だった。七十歳を過ぎた老女が体力のある若い男を確実に殺害するには、どんな手があるだろうか。

あれを使うしかない、と思った。

17

大小の艦艇は灰色の景色の中に溶け込んでいた。曇っているせいか、海面も暗い灰色をしている。しかし軍港にはこのほうが相応しいのでは、と薫は思った。

もちろんここを散歩している人たちにしてみれば、青い空や海がほしいところだろう。特にスマートフォンで記念撮影をしている人は、色とりどりの花壇を引き立たせる背景があればと願っているに違いない。

自分にはこんな色の空や海でも十分だけれど、と薫はバッグから出したペットボトルの蓋を開けた。ウッドデッキのある公園で、ベンチに座って海を眺めるなんて、一体いつ以来だろう。

水で喉を潤し、ペットボトルをバッグに戻したところで、「お待たせした」と頭上から声が落ちてきた。見上げると湯川が立っていた。

薫はあわてて腰を上げかけたが、「そのままでいい」といって湯川は隣に座った。

「すみません。突然押しかけてきて……」

「構わない。草薙からいわれたんだろ？　事前に連絡せず、訪ねていけと」

「重要な供述を得たければ相手に時間的猶予を与えるな、それがたとえ付き合いの長い物理学者であっても、と……」

　ふふん、と湯川は鼻先で笑った。

「あいつのいいそうなことだ。でも結局君は僕に少々の時間をくれた。共用玄関のインターホンを鳴らしてから、すでに二十分以上が経っている」

「すぐには外出できない御事情があるかもしれないことは想定していました」

「母が粗相をしてね、父が着替えさせようとするのを手伝っていた。母本人が協力的でないから厄介だ。年寄りのくせに、暴れる時だけ無駄に力が強い」

「大変なんですね」

「どうということはない。永遠に続くわけではないからな。――用件を聞こうか」

　薫は背筋を伸ばし、身体を湯川のほうに捻った。

「今日の午前中、係長のところに根岸秀美から連絡がありました。大事な話があるので部屋に来てほしいといわれ、係長自ら訪ねていったところ、上辻亮太さんを殺したのは自分だと供述したそうです」

「そうか」湯川の反応はあっさりしている。

「驚かないんですね」

　湯川は不思議そうな目を向けてきた。

「この局面で僕が驚いた様子を見せたら君はどうする？」

「下手なお芝居はやめてくださいといいます」

「だろ？　だからごくふつうに振る舞ったまでだ」

薫は吐息を漏らし、湯川のすまし顔を眺めた。

「湯川先生に会ったら、まずこう訊けと係長から命じられました。その悪い癖はいつになったら治るのか、と」

「悪い癖？」

「事件解決の重要な鍵に気づいても、それを警察には知らせず、その前に容疑者にぶつけるという癖です。今回もやったみたいですね」

「さて何のことやら」そういってから湯川は苦笑を向けてきた。「……と、とぼける芝居もよしたほうがよさそうだな」

「昨夜係長と別れた後、銀座二丁目のバーで根岸秀美と密談していたと聞きました」

「彼女とアードベッグのソーダ割りを飲んだことは認めよう」

「どんな話をしたんですか。というより、先生から彼女に何かいったんですよね。それを教えてください。係長は、本来は自分が直接訊きたいが、根岸秀美の送検で手一杯で、とても本部を離れられる状況ではないからおまえが代わりに訊いてこい、と私に命じました。つまり私は係長の代理だと思ってください。改めて訊きます。昨夜、根岸秀美に何をいったんですか」

「人に要求する前に、まずは自分のカードを見せたらどうだ。根岸秀美はどのように供述しているんだ？」

「できれば先に先生の話を伺いたいんですが」

「カードを出すのはそっちが先だ。嫌だというなら、この話はここまでだ。僕はマンションに戻る。根岸秀美の供述内容など、どうせいつかは報道されるだろうからね」

悔しいがその通りだった。やはりこの人物相手に駆け引きは通用しないようだ。

「殺害の動機は、大事な人を守りたかったから、だそうです。大事な人とは、もちろん島内園香さんのことです」

「どう大事だったんだ？」

「アイドルだそうです」

「アイドル？」湯川は不可解そうに眉をひそめた。

「半年前に上野の生花店で見かけて、雷に打たれたみたいにショックを受け、一目惚れしたといっています。この子と何とか親しくなりたいと思い、花を買ったと。少しでも長く話したかったので、シャンソンのライブに贈る花を選んでほしいといったけれど、じつはそんなライブはなくて、花は自分で持ち帰ったそうです」

「ホステスにスカウトしたというのは？」

「本当らしいですが、ホステスの才能があると思ったからではなく、ただ自分のそばに置いておきたかったからだと供述しています。別にホステスになってくれなくてもよくて、話をする機会があればそれでよかったと。同性愛の類いではなく、見ているだけで幸せになれる存在で、彼女からの見返りなどを求める気は一切なかったとのことです」

「なるほど。だからアイドルか」

「その大切なアイドルを苦しめる上辻が許せなかった、といっています。島内園香さんはすっかり怯えていて逃げだすこともできない様子で、これはもう殺すしかないと考えたらしいです。島内さんに旅行を命じ、その間に上辻のことは何とかするといったそうです。もちろん殺すなどとはいわず、話し合いで解決すると説明したようですが」

「そして犯行に及んだわけか。その手順は？」

「それについても供述は一通り終わっています。かなり複雑です」

薫は手帳を取り出した。ここから先はメモを見ながらでないと説明が難しい。

根岸秀美の指示に従い、島内園香は二十七日から岡谷真紀と京都旅行に出かけることになった。だが秀美は園香に、上辻には「根岸さんと館山に行く」というように命じた。友人との旅行だと上辻は難色を示すかもしれないが、金のために園香を『ＶＯＷＭ』で働かせることを考え始めていただけに、秀美の誘いなら承諾するだろうから、と説明した。園香に疑う様子はなかった。園香から話を聞いた上辻は秀美に電話をかけてきて、二人で館山に行くというのは本当か、と訊いてきた。本当だ、と秀美は答えた。これが二十三日のことで、この通話履歴は電話会社に残るだろうから、犯行後に刑事が訪ねてくることは覚悟していた。

園香たちが無事に京都に発った日の午後、秀美は上辻に電話をかけ、園香が旅行中に貧血で倒れたと連絡した。幸い、地元の人に助けられ、お宅で休ませてもらっているが、できれば車で迎えに来てほしいと頼んだ。

上辻はレンタカーを借りてすぐに向かう、と答えた。

数時間後、上辻は車に乗って現れた。その間、秀美はスマートフォンの電源を切っておいた。上辻がかけてくる可能性があったからだ。犯行当日の発信記録に自分の番号が残るのはまずいと思った。

車から降りてきた上辻は怪訝そうにしていた。その場所は観光地からは遠く離れた海岸沿いだったからだろう。周囲に民家は殆どない。

秀美は細い道を案内した。だが辿り着いたところにも民家はなく、行き止まりになっていた。その先は崖で、十メートル下は海だ。

何日も前から下見を繰り返し、見つけておいた場所だった。

そこで秀美は凶器を取り出した。かつて交際していた男性から預かったままになっている密造銃だった。その銃口を未だに状況が呑み込めないでいる上辻に向けた。

崖を背にし、上辻は立ち尽くしていた。声も出せない様子だった。

海のほうを向いて、と秀美は命じた。上辻はいわれた通りにした。自ら両手を上げ、一体どういうことだと訊いた。

それには答えず秀美は引き金を引いた。発射の衝撃が大きいことはわかっていたので、足を思いきり踏ん張っていた。だから身体が後ろに飛ばされることはなかった。

しかし体勢のできていない上辻は違った。どんと何かに押されるように前に飛び出し、そのまま崖下へと落ちていった。

「その後は上辻が乗ってきた車を運転し、館山市内にあるショッピングセンターの駐車場に止め、用意しておいたハンディクリーナーで車内を入念に掃除した後、電車で東京に戻ったそうです。犯行に使った銃は隅田川に捨てたと供述しています。千葉まで上辻を呼び出したのは、土地鑑があり、人目につかない場所を知っていて、そこなら銃声を聞かれる心配がないと考えたからだそうです。海に落ちたのはたまたまだけれど、遺体の身元がわからなくなればいいなと期待していたとか」

以上です、といって薫は手帳を閉じた。

「島内園香さんには、上辻を殺したことをいつ話したんだろう?」

「その点ですが、明言はしなかったそうです。でもわかっただろう、とのことです」

「どういうことだ?」

「上辻が帰ってこないことについて、すべて解決したから心配しなくていいといった上で、警察に行方不明者届を出すことなど、いろいろと指示したからです」

「それじゃあ何が起きたのか、気づいて当然だな」

「でもまさか園香さんが行方をくらますとは思わなかったようです。誤算だったと根岸秀美はいっています。警察は園香さんを疑うだろうけれどアリバイがある。彼女を男の暴力から守るために、縁もゆかりもない赤の他人が殺人などを起こすとは警察も思わないはず。だから逃げたりしなければ、事件には関与していないと判断されただろうけれど、やっぱりあの子は精神的に弱いところがあったんだな、と」

「縁もゆかりもない赤の他人……か。根岸秀美がそういったのか」

「そうらしいですけど、それが何か?」

「いや、何でもない。そういうことなら、たしかに誤算だな」

さて、と薫は手帳をしまい、湯川の顔を見た。

「私のほうのカードはすべて出しました。次は先生の番です。昨日、根岸秀美とどんな話をしたのか聞かせていただけますね」

湯川は頷きながら口を開いた。

「彼女には、こう告げた。自分なら島内園香さんの行方を摑める。いずれはそのことを警察に教えるつもりだが、犯人が自首する気なら、待ってもいい。おそらく園香さんは、それを望み、そのために身を潜めているのだろうから、と」

薫は目を見張った。

「係長から聞きました。やっぱり先生は今回の事件に関わっていたんですね。いえ正確にいえば、事件関係者と繋がりがあった。それは松永奈江さん。そうですね」

「彼女は事件とは無関係だ。島内園香をかくまってはいるが」

「教えてください。松永奈江さんは先生とどういう関係があるんですか？　単に絵本創作の協力をしただけではないですよね」

するとで湯川は眉間に皺を寄せ、海のほうに顔を向けた。やがて、「君との付き合いは何年になるかな」といった。「十年……いや、もっと長いか」

「私、二十代でしたからね」

そうか、といって湯川は頷いた。

「草薙には打ち明けようと思っていたが、先に君に話しても、彼は怒らないだろうな。何しろ今日は彼の代理で来たそうだから」

「その通りです」薫は湯川の横顔を見つめた。

「松永奈江は」ふっと吐息を漏らしてから湯川は続けた。「僕の実の母親だ」

18

ちょっと出かけてくる、という声を聞き、窓から夜景を眺めていた園香は振り返った。奈江が上着を羽織っているところだった。

「どこに行くの？」

「地下のバー。気分転換にね」

「どうして急に……」

奈江がこんなことをいいだしたのは初めてだ。

「園香ちゃんは、ここにいて」真剣な目をして奈江がいった。「もうすぐ、ある人がここを訪ねてくる。そうしたら、中に入れてあげて。大丈夫。男性だけど信用できる人物よ」

「どういう人？　何しに来るの？」

「それは会えばわかる。安心して。きっと正しい道を教えてくれるはずだから」

何のことなのか、さっぱりわからない。呆然として立ち尽くしている間に、じゃあね、といって奈江は出ていってしまった。

戸惑いを抱えたまま、園香はソファに腰を下ろした。スイートルームに相応しい豪華な革張りのソファだ。湯沢のリゾートマンションを出た後、奈江は東京に戻るといいだし、このホテルに来たのだった。

チャイムが鳴り、ぎくりとした。奈江がいっていた人物が来たようだ。

立ち上がり、入り口に行ってドアを開けた。立っていたのは眼鏡をかけた背の高い男性だった。上品な顔に笑みを浮かべ、こんばんは、といった。

こんばんは、と園香も小声で挨拶を返した。

「入っても構わないかな」

「あ……はい」

男性は入ってくると室内を見回しながら窓際に向かい、外をちらりと眺めてから満足そうに頷いた。

「なかなかいい部屋でよかった。ネットの画像だけで予約したので、少し不安だった」

「あなたがこのホテルを？」

「警察も、まさか君たちが東京に舞い戻るとは思わないだろうと考えてね。座ってもいいかな？」男性は一人掛けのソファを指した。

「あ……どうぞ」

男性は腰を下ろしてから、「君も座ったらどうだ？」といって二人掛けのソファを勧めてきた。はい、といって園香は座った。

「自己紹介が遅れてしまったな」男性は内ポケットから名刺を出してきた。

園香はそれを受け取り、何度か瞬きした。

「湯川さん……大学の先生がどうして？」

「僕が何者であるかは君には全く関係ないから気にしなくていい。それより、根岸秀美さんが自首したことは知っているかな？」

園香は小さく頷いた。「知っています」

「その前夜、彼女と話をしたね？」

「……しました」

「その時、君は根岸さんからいくつかの指示を受けたはずだ」

園香は驚いて目を見開いた。なぜこの人物は、そんなことまで知っているのか。

「その指示とは、自分たちの本当の関係——じつは孫娘と祖母だということは決して警察にはいわないように、というものだった。そうだね？」

湯川の問いかけに、園香は黙って頷くしかなかった。まさにその通りだった。

「詳しい説明は省略するが、僕は君たちの関係に気づき、根岸さん本人に問い質した。その人形を手がかりに、園香さんが自分の孫娘だと知ったんでしょう、とね」そういって湯川はライティングデスクを指した。その上には例の人形が置いてある。「そのことを僕が警察に話してもいいが、もし自首する気があるのなら、少し待ってもいいといった。そこで彼女が出してきた条件は、君と話す機会がほしいというものだった。だから君から根岸さんに電話するよう、松永奈江さんに指示を出した」

そういうことだったのか。わけがわからないことばかりだったが、ようやく腑に落ちてきた。

「ところが警察から聞いた話によれば、根岸さんは君との関係を告白せず、君のことを単にお気に入りの女の子だった、としか説明していないようだ。それを聞いた時、関係を隠しておいたほうが君のためになると考えたからかと思ったが、もっと別の理由がある可能性に気づいた。むしろそちらのほうがより説得力があり、上辻を殺すしかないと決断したことにも納得がいく。要するに根岸さんは、君のことを信じていたいんだ。仮に騙されていたのだとしても、そんなことは知りたくないんだ」

湯川の言葉に園香は愕然とした。何もかも見抜かれていることに驚いただけではない。上辻を殺した秀美の真意を理解したからだ。

「いずれ君は警察の取り調べを受けるだろう。その時君は、洗いざらい打ち明けたくなるかもしれない。そのほうが楽になれるからだ。でも忘れないでほしい。その行為は誰も幸せにしない。君が詐欺罪に問われ、根岸さんはさらなる悲しみの底に落ちるだけだ。彼女に詫びる気があるのなら、君は口を閉ざしているべきだ。そのことをいいたくて、今夜、僕はここへやってきた」

淡々とした口調で放たれた言葉の一つ一つが、園香の胸に鋭く突き刺さった。その痛みに動きがとれず、声も出せなかった。

湯川が腕時計を見て、立ち上がった。

「目的を果たしたので、これで失礼する。後は君の問題だ」

園香は身動きを取れないままで、部屋を出ていく湯川を目で追うこともできなかった。ばたん、とドアの閉まる音が耳に残った。

その余韻が過ぎ去ってから、ようやく身体が動いた。腰を上げ、ゆっくりとライティングデスクに近づいた。人形を手に取り、ここ数か月の出来事を振り返った。

ある日のことだ。園香が帰宅すると、亮太がやや興奮した口調で奇妙なことをいいだした。今日の昼間、見知らぬお婆さんから話しかけられたというのだ。

彼が出してきた名刺には、『根岸秀美』という名前が印刷されていた。銀座でクラブを経営しているようだ。

「園香のお母さんについて訊きたいっていわれた」

「母について？」

誰だろうか。全く心当たりがなかった。あるいは松永奈江の知り合いか。奈江とは、ここしばらく連絡を取っていない。

「まず一枚の写真を見せられた。園香が子供の頃で、どこかの施設のクリスマスパーティみたいだった」

「ああ……」

それなら思い当たることがあった。『あさかげ園』でのものだろう。そういえば少し前に、公式サイトの画像について掲載を許可したかどうかを確認する電話を受けていた。

「その写真で、園香が持っている人形を見たことがあるかって訊かれた」

あの人形だといって亮太は棚の上を指した。そこにはブルーとピンクの縞柄のセーターを着た古い人形が飾られている。

「知ってます、お母さんの形見らしいですよといったら、その人、急に泣きだしちゃってさ。喫茶店の中で、ほかにも客がいたから焦ったよ。だけど理由を聞いてみて、びっくりした。その人、園香のお母さんを産んだというんだ」

「えっ……」

あまりにも思いがけない話で、園香は頭が混乱した。

「産んだって、それはつまり、その人はあたしのお祖母さんってこと？」

「そういうことになる。人形はその人が作ったもので、養護施設の前に赤ん坊を置いた時、一緒に籠に入れたそうなんだ」

「置いた？　赤ん坊を？　どういう意味？」

だからあ、と亮太は声のトーンを上げた。

「園香のお母さんは捨て子だったんだろ？　身寄りがなくて施設で育てられたといってたよな。この名刺のお婆さんが、お母さんの母親なんだ」

園香は首と手を横に振った。

「それ、何かの間違いだと思う」

「どうして？」

「あたしが聞いてる話と違うもん。ママは三歳ぐらいの頃、どこかの公園で一人でいるところを保護されて、そのまま親が名乗り出なかったから施設に預けられたって聞いた。たぶん育児放棄した親に置き去りにされたんだろうっていってた」

「人形は？」上辻は棚のほうに顎をしゃくった。

「この人形は『あさかげ園』に置いてあったもので、ママが貰ったって聞いてる」

「たしかか？　園香のお母さんが嘘をいったのかもしれないぞ」

「どうしてそんな嘘をつくの？」

「理由なんかはわからない。嘘っていう可能性もあるといってるんだ」

亮太の口調がぞんざいなものになった。機嫌を損ねかけているシグナルだ。こういう時は逆らわないにかぎる。そうだね、と小声で応じておいた。

その後、亮太は黙って何事か考え込んでいた。

園香は人形を見つめた。千鶴子から受け継いだ時のことを思い出した。

「この人形の持ち主だった子は、幼いうちに亡くなったそうなの。だからその子の代わりに、私がかわいがってやることにしたの。園香も大切にしてあげてね」

あの話が作り話だとは思えなかった。亮太が会ったという女性は、亡くなった子の母親なのだ。だがそれを主張すると亮太が怒りそうなので何もいわないでおいた。

それから三日ほどは、この話題が亮太の口から出ることはなかった。どうなったのかは気になったが、やぶ蛇になるのが嫌で園香も黙っていた。

するとある夜、「例の件だけど、話を進めるからな」と不意に亮太が切りだした。

何のことかわからず、「例の件って?」と尋ねた。

「お祖母さんのことだよ。とにかく会ってみろ」

意外な言葉に当惑した。

「会って、どうするの? 本当のことをいえばいいの?」

「何だよ、本当のことって」

「だからあたしが母から聞いてる話とは違いますって……」

ばんっと大きな音が響いた。亮太がテーブルを叩いたのだ。

「そっちの話が本当だっていう証拠でもあるのか? お母さんが嘘をついたかもしれないだろ。何遍おんなじことをいわせるんだっ」

そんなに何度もいわせた覚えはなかったが、首をすくめ、ごめんなさい、と謝っていた。もはや反射だ。

「とにかく会ってみるんだ。会っても余計なことはいうな。いろいろと訊かれると思うけど、どう答えるかは俺が教える。わかったな。わかったら返事しろ」

「うん、わかった……」

「よし、じゃあ早速始めるぞ。しっかり覚えろよ」

こうして本番に向けてのリハーサルが始まった。園香はわけがわからぬまま、とにかく亮太を怒らせてはならないという思いから、いいなりになっていた。

その数日後、亮太に連れられ、根岸秀美と会った。秀美は華やかさと色香をほのかに漂わせる、俗にいう「いい歳のとり方」をした女性だった。

例のものはお持ちいただけましたか――秀美からそう訊かれ、園香はバッグを開けた。取り出したのは、あの人形だ。

人形を受け取った秀美の目は、早くも充血していた。セーターをまくり上げて背中を見ると、間違いなく自分が作ったものだといった。

亮太が肘で園香の脇を突いてきた。園香は口を開いた。

「母は、この人形は自分の親を見つけるための唯一の手がかりだ、とよくいっていました。もう少し若い時に今ぐらいインターネットが普及してたら、画像をアップして、心当たりのある人を捜してただろうって」

亮太に覚えさせられた台詞だった。わざとらしくリアリティの欠片(かけら)もないと思ったが、秀美の受け止め方は違ったようだ。泣きだしそうになるのを堪えながら、ごめんなさい、ごめんなさいと謝った。娘を捨てたことを詫びているらしい。

気が咎めたが、園香は次の台詞をいわねばならなかった。

「謝る必要はないです。母は恨んでなかったです。たぶん余程の事情があったんだろうって。

でも会いたがってました。最後まで」

「最後……」

「はい、最後まで」

秀美の目から涙が溢れだした。ハンカチで拭う姿を見て、園香は胸が痛んだ。

その後、秀美が園香の母親についてあれこれと尋ねてきた。無論彼女は自分が捨てた娘のことを知りたがっているのだが、園香としては千鶴子の話をするしかなかった。クモ膜下出血で亡くなったことをいうと、遺伝かもしれないと秀美は呟いた。

こうして初対面は無事に終わった。秀美は、これからも会いたいといった。だめだといえるわけもなく、自分は構わないと答えた。

「よかったな、園香。ずっと天涯孤独だったけど、本物のお祖母ちゃんが見つかったわけだ。せっかくだから甘えさせてもらえよ」

亮太の言葉が空々しく響いたが、ここでも秀美の反応はよかった。

「ええ、そうよ。甘えてちょうだい。娘にしてやれなかった分、あなたにしてあげたい。いつでも遊びに来てちょうだい。大歓迎だから」

園香は俯き、はい、と答えるしかなかった。

秀美と別れた後、浮かない顔をしていると、「どうした?」と亮太に訊かれた。

「いいのかなと思って……」

「何が？」

「あの人、すっかり信用しちゃってるよ」

亮太がじろりと睨んできた。「それの何がいけないんだ」

「だって……」

その時はそれで終わったが、アパートに帰るなり、園香は突き飛ばされた。

「いいかよく聞け。俺はあの婆さんのことを調べたんだ。銀座の雇われママなんかじゃない。立派なオーナーママで、ほかにも店を持ってる。昔は貧乏だったかもしれないが、今じゃ金持ちだ。そんな婆さんの孫娘になるんだから、悪い話じゃないだろうが」

「……ばれちゃうよ」

「ばれる？　何が？　おい、まだそんなこといってるのか」

髪を鷲摑みにされた。痛かったが、恐怖のせいで悲鳴も出せなかった。

「何が本当で何が嘘か、誰にもわからないだろうが。園香はあの婆さんの本当の孫かもしれない。違うっていう証拠でもあるのか？　ないだろ？　それで十分なんだよ。それとも、まだ何か文句があるのかっ」

園香は首を振った。DNAのことが頭に浮かんだが、いえなかった。

亮太は園香の髪を離し、顔を近づけてきた。園香、と優しい声を出した。

「いいか、これは一世一代の大勝負なんだ。園香が幸せになれるチャンスだ。俺はそれを逃がしたくないんだ。俺の気持ち、わかってくれるよな」

園香は、うん、と頷いた。いい子だ、といって亮太は頭を撫でてくれた。

その日以来、園香はしばしば秀美の部屋を訪ねた。気は進まなかったが、そうするように亮太から命じられるからだ。

もっとも秀美と過ごす時間は、園香にとって決して不愉快なものではなかった。会話の大半は、園香の母親についてだ。どんな女性だったかを秀美が訊いてくるので、千鶴子のことを話した。『あさかげ園』でどのように育ったか、卒園してからはどんな生活を送り、なぜシングルマザーになったのかを、ありのままに語った。嘘をつく必要はないので気が楽だ。時折涙を滲ませながら相槌を打つ秀美を見ているうちに、千鶴子が本当に彼女の娘だったなら、どんなにいいだろうと思った。

ある時、亮太が自分も一緒に行くといいだした。その理由を聞き、驚いた。DNA鑑定をするためのサンプルを採取させてもらう、というのだった。

「そんなことして大丈夫なの？」

園香が訊くと亮太が、文句があるのか、とばかりに冷たい目を向けてきた。即座に、ごめんなさいと謝ったが、殴られるかもしれないと身を固くした。

しかし亮太は、にやりと笑い、「大丈夫だよ。俺に任せておけ」といっただけだった。

DNA鑑定と聞き、秀美は少し不安そうにした。その様子を見て、やはり彼女も完全には信じきっていなかったのだなと園香は気づいた。

それにしても亮太は一体どうするつもりなのか。本気で、秀美と園香の間に血の繋がりがあると思っているわけがない。

ところが二週間後に送られてきた鑑定結果を見て、園香は目を疑った。九九・五パーセント以上の確率で血の繋がりがある、と記されていたからだ。

「一体どういうこと?」園香は亮太に訊いた。

「どうもこうもない。こういうことだ。だからいっただろ、大丈夫って」

そういってにやりと笑った亮太の顔を見て園香は気づいた。どこかの女性とその祖母のDNAを採取させてもらい、それを鑑定会社に送ったのだ。

こんなことをしていいわけがない。これでは完全に犯罪だ。だが園香は何もいえなかった。亮太に逆らえなくなっていた。

鑑定結果を知り、秀美は殊の外喜んだ。間違いないと確信していたけれど、やっぱり不安だったと正直にいった。

秀美は園香に、自分のことを「お祖母ちゃん」と呼んでくれたら嬉しいといった。今後は堅苦しい敬語も使わなくていいともいった。

嫌だともいえず、お祖母ちゃん、と呼びかけてみた。それだけで秀美は目を潤ませた。良心の呵責を感じつつ、この人が喜んでいるのだからそれでいいのかな、と自分を納得させる気持ちもあった。「お祖母ちゃん」ではなく「おばあちゃん」と平仮名で呼びかけているつもりなら嘘をついたことにはならない、と奇妙な理屈も作りあげていた。

この頃から秀美は金銭的な援助をしてくれるようになった。それまでも帰り際に、「亮太さんと美味しいものでも食べなさい」といって二万円ほどを渡してくれていたが、その金額が十万円を超えるようになった。もはやお小遣いではない。実際、「生活の足しにしなさい」といってくれるのだ。園香たちの生活が楽でないことを察していたのだろう。

「俺のいった通りだろ」園香がお金を持って帰ると亮太は満足げに口元を緩めた。「あの婆さんはカネを持ってるんだ。だけど身寄りがないから、それを受け継ぐ者がいなかった。これからは違う。跡継ぎが見つかった。園香、次のステージに進むぞ」

「何、次のステージって？」嫌な予感がした。

「関係を正式なものにする。養子縁組だ。話を持ちかけろ。必ず食いついてくる」

考えもしなかった提案に園香は動揺した。

「そんなことまでするの？」

「それをしないでどうするんだ。大事なことを教えてやろう。あの婆さん、病気持ちなんだ。しかも癌だ。何年か前に手術をしている。周りにも、長生きできないといっているらしい。つまり、いつくたばってもおかしくないわけだ。わかるか？　今のままで死なれたらまずいんだよ。こっちには一円も入ってこない。だから急ぐ必要がある。養子縁組してしまえば、いつ死んでくれても構わない。遺産はそっくり園香に入ってくるからな。むしろ、早く死んでほしいぐらいだ」

「でもそれは……いくら何でもまずいんじゃないの？」

「なんでだ？　いくら何でもってどういうことだ？」

「だってそれ、犯罪だよ。詐欺みたいなもんじゃない。騙して養子縁組――」

させるなんて、という前に園香の身体は横に飛んでいた。横っ面を引っぱたかれたのだ。

亮太は、いつものように髪を摑んできた。

「騙した？　言葉に気をつけろ。いつ俺が騙した？　いいか、よく考えろ。俺からあの婆さんに近づいたのか？　違うだろ。向こうから勝手にやってきて、園香を自分の孫だといいだしたんだ。多少、話を合わせてやったけど、それだけだ。なんだ、その顔は？　まだ何か文句があるのか？」

ＤＮＡ鑑定でインチキしたことをいいたかったが、さらに乱暴されそうなので黙って首を横に振った。

「いいか、よく聞け。俺はこの計画に賭けてる。もう後戻りはできないし、する気もない。これが犯罪だというのなら、園香だって共犯者だ。今さら逃げようったって、そうはいかないからな。婆さんのカネで飯を食っただろ？　酒だって飲んだし、新しい服も買った。違うか？」

お金は全部返す――そういいたいが口が動かない。

亮太が、にたりと笑った。

「心配するな。きっとうまくいく。何度もいうけど、全部園香のためなんだ。無事に終わったら、後はただ待ってればいい。婆さんがぽっくりいってくれたら、幸せが転がり込んでくるってわけだ」

違う、そんなものは幸せじゃない――そういう代わりに目を閉じた。するとそれをどう解釈したのか、「いい子だ」といって亮太はまた頭を撫でてきた。

こんなことは早く終わりにしたい、と考えるようになった。亮太がどう理屈をこねようと、これは犯罪以外の何物でもない。

園香は休日になっても、秀美の都合を理由に、彼女のところへは行かないようにした。秀美と会う以上は養子縁組の話を切りださねばならないし、それをしないで帰れば亮太が激怒するに決まっているからだ。

そのようにして一か月ほどが経った日、園香が帰宅すると亮太はウィスキーを飲んでいた。彼が夕食前にアルコールを飲むことはめったにないので、嫌な予感がした。

その予感は的中した。突然立ち上がった亮太は、園香に襲いかかってきた。床に押し倒すと、顔や身体を力いっぱい殴ってきた。

「俺を騙してたな。さっき婆さんに電話をかけたら、おまえのほうに用事があるそうだからなかなか会えないっていってたぞ。どういうことだ、答えろっ」

「お……お願い、もう許して……」

「はあ？　何をいってる？」

「嫌だから。もうおしまいにしたい」

「おしまい？　何をそんなに嫌がる必要がある？　婆さんのところに行って、機嫌を取ればいいだけのことだ。簡単だろ」

「そうじゃなくて……こんな生活、もうやめたい」

「こんな生活？　どういう意味だ？　俺と生活するのをやめたいっていうのか」

園香は答えず、頷きもしなかった。だがそれで亮太は何かを察したらしく、不意に立ち上がった。そのまま台所に入り、すぐに戻ってきた。手にしているものを見て、園香はぞっとした。出刃包丁だった。

彼は再び園香の前に立ち、包丁を顔に近づけてきた。

「園香、俺を裏切ったら承知しないからな。前もいったように、もう戻れないんだ。逃げても無駄だ。必ず見つけだして、俺は園香を殺して自分も死ぬ。これは脅しなんかじゃない。本気だ」

亮太の目に宿る狂気の光に、園香は身体を動かせなくなった。

殺される、と思った。このままだと、いつか本当に殺される――。

秀美が突然訪ねてきたのは、それから間もなくだった。亮太が留守だったので、園香がドアを開けた。マスクをしていたが、秀美は顔の痣に気づいたようだ。

一旦は閉め出したが、秀美は諦めなかった。近所の住人から話を聞き、亮太から暴力を受けていることを知ったようだ。

ごまかしようがなく、DVについては正直に話した。ただし、その理由は曖昧にぼかした。秀美を騙していることはいえなかった。

「わかった。お祖母ちゃんが何とかしてあげる。心配しなくていいからね」そういって秀美は帰っていったが、どうするつもりなのか、園香にはまるでわからなかった。

一週間後、秀美から連絡があり、園香は会いに行った。顔の怪我が目立たなくなったらすぐに会いに行け、と亮太からもいわれていたのでちょうどよかった。

秀美の用件は思いがけないものだった。誰か仲の良い人と近々旅行をしなさい、というのだった。

「最低でも一泊二日で、なるべく遠いところがいいわ。お祖母ちゃんがお金を出してあげる。どこか行きたい場所はある?」

唐突な話に園香は困惑した。

「どうして急にそんなことをいうの?」

「たまには気分転換しないとだめだからよ。旅行なんて、何年もしてないんでしょ」

「そうだけど……」

園香が釈然としないでいると、秀美は、ふっと口元を緩めた。

「じつは例の問題を解決するつもりなの。あの暴力彼氏のことよ。いろいろと考えてね、何とか話し合いでけりをつけようと思ったの」

「そんなことできる？」

「もちろん簡単じゃないわよ。話をつけてくれる人が必要だし、お金も必要。でも、どうにかできる目処が立ったの。園香ちゃんが帰ってきた時には、もう縁が切れているようにする。二度と園香ちゃんには近づかせない」

話をつけてくれる人とお金が必要——。

それはつまりヤクザのような人物だろうか、と園香は思った。そういう世界のことは全く知らないが、秀美ならば伝手があるのかもしれない。

「うまくいくかな？」

「必ずうまくいかせる。もちろん、万一ってこともあるだろうけど、その時でも園香ちゃんには火の粉がふりかからないように気をつける。安心して」

「でも、あたしが旅行すること自体、彼は許してくれないかもしれない」

「私に誘われたといえばいいじゃない。それでもだめだというかしら？」

「あっ、それなら大丈夫かも……」

むしろ、誘われたのに行かないといったら怒りだすだろう。

問題は、実際に一緒に旅行をする相手だ。仲が良くて信用できる人がいいと秀美はいう、そうなれば一人しか思いつかなかった。

岡谷真紀に声をかけてみた。話はすぐに決まった。九月二十七日に京都に行くことになった。

亮太に話すと、彼はその場で秀美に電話をかけた。園香が嘘をついているのではと疑ったらしい。電話を切った後、「いいチャンスだ」といってほくそ笑んだ。「その旅行の間に養子縁組の話を決めてくるんだ。わかったな」

わかった、と答えた。秀美のいう通りならば、どんな嘘をついても平気のはずだった。

真紀との京都旅行は楽しかった。久しぶりに解放感を満喫できた。もちろん亮太のことは気がかりだった。本当に秀美は話をつけてくれるだろうか。しかしいつもなら煩わしいほどに届く亮太からのメッセージが一件も来なかった。そのことは物事が順調に進んでいることの証のように思えた。夜になり、秀美からメッセージが届いた。すべて順調だからゆっくり楽しんできなさい、という内容だった。

とはいえ、東京に帰る日は落ち着かなかった。アパートでは怒りを噴火直前にまで高まらせた亮太が待ち受けていて、園香が部屋に入るなり殴りかかってくるのではないか、という想像が膨らんだ。

ところが結果は呆気なかった。亮太は部屋にいなかったのだ。秀美に電話をかけると、大丈夫よ、という答えが返ってきた。

「心配しないで、今夜はゆっくり休みなさい。明日は仕事に行くのよね。手が空いた時に連絡をちょうだい。いろいろとやってもらいたいことがあるから」

「どんなこと？」

「それは明日、話すわ」

おやすみなさい、といって秀美は電話を切った。何となくよそよそしさを感じた。

一夜明けても亮太は帰ってこなかった。園香は生花店に出勤し、いつも通りに仕事をしたが、気持ちが落ち着かなかった。

「どうかしたの？　何だか浮かない顔をしてるけど」店長が心配そうに訊いてきた。

何でもないです、と園香は答えた。

昼休みに秀美に電話をかけた。思いがけないことを命じられた。

亮太と関わりのある人や場所に片っ端から電話をかけ、亮太の行方を尋ねろというのだ。

「それ、どういうこと？　それじゃまるで亮太さんが行方不明になったみたいで——」

そこまでしゃべったところで園香は背筋が寒くなった。突然、事情が呑み込めた。まさかと思ったが、考えられることはひとつだけだった。

「あの……もしかして亮太さんを……」その先は怖くて口にできなかった。

園香ちゃん、と秀美が優しく呼びかけてきた。

「その通りよ。亮太さんは行方不明になった。園香ちゃんが旅行している間にいなくなった。

だから今日は、あちこちに問い合わせるの。そうして夜になったら地元の警察に行きなさい。一緒に暮らしている彼氏がいなくなったというのよ」

「一体、何があったの？」

「そんなこと、園香ちゃんは知らなくていいし、考えなくていい。とにかく私のいう通りにしなさい。そうすれば大丈夫だから。何も心配しなくていいから」

「おばあちゃん……」

もはや間違いなかった。何があったのかはわからないが、亮太が園香の前に現れないことは確実なのだ。つまり、この世にいない——。

「今の私にはね、園香ちゃんがすべてなの。園香ちゃんが幸せになってくれれば、それ以外のものは何も望まない。私の命だって、どうでもいいの。だからお願い、私のいう通りにしてちょうだい」

電話から聞こえる声からは、秀美の懸命な思いが強烈に伝わってきた。拒否などできなかった。

「でも亮太さんの行方を尋ねるといっても、あたし、そういう連絡先をひとつも知らないんだけど……。だってそんなのは、全部彼のスマホに入ってるから」

「ああ、それはそうかもしれないわね。今の人はアドレス帳なんて持ってないものね。だったら、いいわ。そのかわり、時々亮太さんに電話するとか、連絡を取ってみてちょうだい。同居人が行方不明なのに何もしないというのは変だから。で、さっきもいったように夜になったら警察に行って、捜索願を出すのよ。わかったわね？」

淡々とした口調だが秀美の言葉には圧力があった。わかった、と園香は答えていた。

「ああ、よかった。ありがとう、園香ちゃん。しっかりがんばってね。何かあったら連絡してちょうだい」秀美は心の底から安堵している様子だった。

電話を切った後、園香はしばらく放心していた。とんでもないことになったと思った。

じつは心に決めていたことがあった。無事に亮太と別れられたなら、秀美には本当のことを告白しようと思っていたのだ。これまでに受け取ったお金は、何年かかってでも返すつもりだった。

だが、それどころではなくなった。秀美は園香のことを実の孫と思い込んでいるからこそ、亮太をこの世から葬り去ったのだ。今さらすべて嘘でしたなどといえるわけがない。

どうすればいいかわからず、とにかく秀美にいわれた通りにするしかなかった。亮太に電話をかけ、繋がらないことを確認すると、居場所を尋ねるメッセージを送った。そんなことを何度か繰り返した。もちろん、いつまで経っても亮太からの反応はなかった。

夜になると地元の警察署に赴き、生活安全課という部署で事情を話した。横山という男性警察官が応じてくれた。最近何か変わったことはなかったかと尋ねられたが、思い当たることはないと答えた。

行方不明者届を出し、警察署を後にした。態度に不自然な点があったかどうか、自分ではわからなかった。

秀美に連絡すると、よくやったわね、と褒められた。

「これでもう安心。園香ちゃんは自由になった。でも、嬉しそうな振る舞いは慎んでね。どこで誰が見てるかわからないから」

「この後はどうしたらいい？」

園香が訊くと少し沈黙する時間があってから秀美がいった。

「ここから先はちょっといいにくいけど、聞いといてもらわなきゃいけないことだからいうわね。しばらくしたら警察から連絡があると思う。亮太さんらしき人が見つかった、という知らせ。それで園香ちゃんに確認してほしいっていってくるはずよ」

園香は唾を呑み込んだ。亮太さんらしき人、というのが何を指すのかがわかった。

「園香ちゃん、聞いてる？」

「うん、聞いてる」

「そうしたら、警察の人の指示に従って。嫌かもしれないけど、亮太さんかどうかを確認してちょうだい」

「その後は？」

「それが亮太さんだったら、どうすればいいか、たぶん警察の人がアドバイスしてくれると思う。それでもどうしていいかわからなければ私に連絡して」

「うん、わかった」

「しっかりね。もう少しの辛抱だからね。落ち着いたら、ゆっくり会いましょう。身体に気をつけてね」

「うん、おばあちゃんもね」

「ありがとう」

その夜は眠れなかった。これから先のことを考えると絶望的な気持ちになった。今後も秀美を騙し続けるしかないのか。秀美は孫娘のために憎い男を殺したと思っている。

殆ど一睡もしないまま朝を迎えた。出勤したら、顔色が悪い、と店長から心配された。

「昨日も元気がなかったし、体調がよくないなら休んでもいいわよ」

「いえ、大丈夫です」

しかしとても仕事に打ち込める精神状態ではなかった。いつ警察から電話がかかってくるだろうとびくびくし続けていた。

松永奈江から連絡があったのは、そんな時だった。久しぶりに声を聞きたくなって、と彼女は明るい声でいった。

元気なふりなどできなかった。歯切れの悪い受け答えに、奈江は何かを察したようだ。

「園香ちゃん、何かあったんじゃないの？　正直に話して」

ストレートに問われ、一気に心がぐらついた。

「奈江さん、じつはあたし、大変なことになっちゃってる」つい漏らしていた。

「えっ、何なの？　何があったの？」

奈江は驚いた様子で訊いてきたが、どのように説明していいかわからなかった。答えに詰まっていると、「電話じゃいいにくいことなのね」といわれた。

「うん、そう……」

「だったら、うちに来ない？　私も直接会って話を聞きたいし」

わかりましたと答え、その夜に会う約束をした。だが電話を終えてから考え込んだ。到底話せることではないのだ。命じられたこととはいえ、一人の老女を騙した。その挙げ句、人殺しをさせてしまった。

奈江にどう話せばいいか――そのことばかりを考え、仕事で何度もミスをした。

はっきりとした答えが見つからないまま、奈江に会った。彼女は園香を見て、尋常な事態ではないことを即座に見抜いたようだ。「今、話せることだけ話してちょうだい。話しづらいこともあるんでしょう？」といった。

園香は頷き、口を開いた。彼が殺されたみたい、とまず打ち明けた。どうせわかることだから、話しておいたほうがいいと思った。

奈江は驚いたはずだがさほど表情を変えず、「誰に？」と訊いてきた。

「それは……いいたくない。あたしのためにやってくれたことだし」

奈江はじっと園香を見つめた後、わかった、と呟いた。

「それで、園香ちゃんはどうしたいの？」

「わかんない。どうしたらいいのか、全然わからない」園香は頭を振った。「もしできるなら、どこかに消えてしまいたい……」

園香ちゃん、と呟いた後、奈江は黙り込んだ。どんな顔をしているのか、俯いている園香にはわからなかった。

やがて、わかった、と奈江がいった。

「だったら、そうしましょうか」

その言葉を聞き、園香は顔を上げて奈江を見た。「どういうこと？」

「だから、消えるのよ。大丈夫。私も一緒に行ってあげるから」

「消えるって、どこに？」

「任せて。心当たりがある」

それからは慌ただしかった。十月二日の朝は生花店に電話をかけ、休職を願い出た。だめだといわれたら辞める覚悟だったが、幸い許可を得られた。荷物をまとめて奈江のマンションに行くと彼女も支度を終えていて、二人で出かけた。向かった先は東京駅だ。上越新幹線に乗ると聞き、驚いた。思いがけない場所だった。

「隠れ家があるのよ」そういって奈江は片目をつぶった。

こうして湯沢のリゾートマンションでの生活が始まった。ほかの住人とはめったに顔を合わせないし、買い物は奈江に任せていたので、これなら警察に見つからずにすみそうだと思った。

問題は、いつまで隠れているかだ。上辻の遺体が見つかり、捜査が始まったことはニュースで知った。きっと警察は血まなこになって園香の行方を追っているに違いない。

奈江は何も尋ねてこなかった。園香がいいだすのを待っているようだった。しかし到底話せなかった。孫娘だと偽り、老女から金を貰っていたなどといえば、罵倒され軽蔑されるに違いなかった。きっと警察に突き出されるだろう。

そんな毎日を送っていたら、突然事態が動きだした。湯沢のマンションを出ることになり、このホテルに移ったのだ。どうやら奈江は誰かの指示を受けている様子だが、それが誰かは教えてくれなかった。今思えば、おそらく湯川だったのだろう。

そして数日前の夜中、メモを見せながら奈江がいった。「今すぐに、この番号に電話しなさい」

番号を見て、園香は青ざめた。それは秀美の携帯電話番号だった。

「私は隣の部屋にいるから」そういって奈江はベッドルームに消え、ドアを閉めた。

園香は、ますますわけがわからなくなった。一体どういうことだろうか。なぜ奈江が秀美の電話番号を知っているのか。

迷いつつも電話の受話器を取り上げていた。メモに記された番号ボタンを押し、胸に手を当てた。

呼出音が一回聞こえただけで電話が繋がった。根岸です、と聞き覚えのある声がいった。

園香が黙っていると、「園香ちゃん？」と訊いてきた。うん、と答えた。

「よかった。ユカワ先生、約束を守ってくださったのね」

知らない名が出た。誰のことだろう。

「元気？　身体を壊してない？」

「うん、大丈夫。あの、あたし……」

「何もいわなくていい。元気ならそれでいい。でも私の話は聞いてちょうだい。聞いてくれるわよね」

「うん」

「よかった。あのね、私、明日警察に行くわ。自首する」

「えっ……」

「何とかうまくごまかせないかと思ったけれど、やっぱり無理だった。諦める。それでね、園香ちゃんにいっておきたいことがあるの。私、園香ちゃんのことは、生花店で見かけたお気に入りの子とだけ説明するつもり。昔自分が捨てた娘の子なんてこと、絶対にいわない。だから園香ちゃんも、警察で何か訊かれても、そういうことで押し通してほしいの。わかったわね」

「それで……いいの？」

「いいのよ。私たち二人だけの秘密にしておきましょう。この半年間、とても楽しかった。いい思い出をたくさん貰ったわ。それを宝物のように大切にして、残り少ない人生を過ごしていくつもり」

「根岸さん……」

「お祖母ちゃんと呼んでくれないの？」

「あ……でも……」

「これが最後なのよ。お祖母ちゃんと呼んで」

「お祖母ちゃん……」

ふふっと笑う声が聞こえた。「ありがとう」

そしてぷつんと電話が切れた。

受話器を握りしめたまま、園香は膝から崩れた。涙が溢れ、カーペットにぽたぽたと落ちた。

19

『アサヒ・ナナさま

メールを拝受いたしました。
また世報社の藤崎様より、事前に御挨拶の手紙をいただいております。
お気遣いに感謝いたします。
拙著「もしもモノポールと出会えたなら」に興味を持っていただけたとは感激です。
はっきり申し上げて、あの本は全く売れておりません。
すでに絶版状態で、アサヒさまがどのようにしてあの本の存在をお知りになったのか、
そちらのほうに関心があります。
モノポールを絵本の題材にしたいとのこと、大変意外なお話ですが、
子供たちが少しでも物理学に興味を持ってくれればといつも願っておりますので、
喜んで御協力させていただきたいと思います。何なりと質問してください。
なるべくわかりやすくお答えするつもりですが、
もし理解しにくいところがあれば遠慮なく御指摘ください。
よろしくお願いいたします。

帝都大学理学部物理学科　湯川学』

今までに何度読み返したかわからないメールを読み直していたら、チャイムが鳴った。奈江

はノートパソコンを閉じ、深呼吸を一度してから立ち上がった。

入り口に近づき、右手で胸を押さえた。心臓の鼓動が速い。だがこれはもう抑えられそうにないと諦めた。もう一度深呼吸し、ドアを開けた。

その人物が立っていた。三十年以上、会いたいと願っていた人物だ。

「お久しぶりです」彼——学がいった。低いが、温かみのある声だった。

奈江は微笑もうとしたが、頬が強張(こわば)ってうまくできなかった。どうぞ、と細い声でいうのが精一杯だった。

学が部屋に入ってきた。背が高い。一八〇センチぐらいはあるかもしれない。最後に会った時、すでにこれぐらい高かっただろうか。あの時、彼は中学二年だったはずだ。

室内を眺めてから学は振り返った。「向こうの部屋とは微妙に配置が違いますね」

「こちらはスイートじゃなくてもよかったのに」

「せっかく話すんだから、きちんとしたソファとテーブルがほしいじゃないですか」

座りましょう、といって学は腰を下ろした。この部屋には長いソファが一脚あるだけだ。奈江は少し間隔を取りつつ、彼の隣に座った。

学が見つめてくる。奈江は顔を伏せた。

「あまりじろじろ見ないで。すっかりお婆ちゃんになっちゃった」

「それは仕方がない。僕だって白髪だらけです」

奈江は上目遣いに彼のほうを窺った。

「立派になったわね。インターネットで検索したら、あなたの顔写真がいくつも見つかったわ」

「画像の数と実績は無関係です。——僕のことをよく検索するんですか」

「ごめんなさい。不愉快よね」

「そんなことはありません。気持ちは理解できます」

「画像も見たかったけど、少しでもあなたのことを知れるものがほしかった。難しい論文とかはちんぷんかんぷんだけど、あなた、若い頃にはエッセイのようなものも書いてたでしょ？そういうのを捜したのよ」

学はげんなりしたように顔をしかめた。

「マイナーな科学雑誌に書いたやつですね。大昔の話だ。穴を掘って埋めてしまいたい黒歴史です」

「児童虐待について書いたものもあったわ。虐待された子供は、愛された経験がないため、大人になってから自分の子を虐待する傾向がある——」

「借り物の知識を書いただけです。自分とは無縁の話でした」

奈江は、すうーっと息を吸い込んだ。少し気持ちが落ち着いてきた。

「あなたには申し訳ないことをしたと思ってるわ」

学が胸を反らせて顎を上げ、戸惑ったように視線を揺らした。どう答えていいのかわからないように見えた。

「何か飲みませんか」やがて彼はいった。「少し喉が渇きました。ルームサービスを頼みましょう。希望はありますか」

「いえ、任せます」

「アルコールは大丈夫ですか。よければシャンパンを頼もうと思いますが」

「あ……それでいいわ」

学は腰を上げ、ライティングデスクのところまで行って受話器を取り上げた。その後ろ姿を眺め、やっぱりあの人に似ている、と奈江は思った。

あの人——学の父親のことだ。

学が電話を終えて戻ってきた。「すぐに届けてくれるそうです」ソファに座り直した。

「御両親はお元気？」奈江は訊いた。

彼は迷うように首を傾げた後、「母の具合がよくありません」と答えた。「父が介護していますが、もう長くはないでしょう」

「どこがお悪いの？」

「多臓器不全です。認知症も進行しています」

「そうなの……」奈江は目を伏せた。

「お会いできたら、尋ねようと思っていたことがあります」学がいった。「僕の父親のことです。実の父親のほうです。戸籍を見ましたが空欄でした。両親からは、遠縁の娘が離婚後に産んだと聞かされていましたが、それならば戸籍に残っているはずですよね」

「そのことね」奈江は頷いた。「話をわかりやすくするために、そんなふうに説明したのだと思う。でもかえって混乱させたみたいね」

「実の父親とは結婚していないのですね」

「ええ、しなかった。二人とも若かったし、彼には未来があった」

「未来？」

「科学者としての未来よ」奈江は窓の外に広がる夜景に目をやった。

彼は学生だった。奈江が働く食堂によく来ていて、親しくなった。当時奈江は二十一歳、帯広の実家を家出同然のように飛び出し、上京していた。

彼の下宿は水道橋のあたりにあった。狭い部屋で、トイレも流しも共用だった。本棚には難しそうな本がいっぱい並んでいて、地震が来たら倒れるのではないか、と布団で彼と横になっている時、いつも心配した。

優しくて努力家で、何より頭のいい男性だった。どんな機械も修理できたし、医者かと思うほど医学にも詳しく、英会話も堪能だった。この人と一緒にいれば、何が起きても怖くないと思えた。

それだけの人物だから、当然学業も優秀だ。研究室の教授の推薦で、大学卒業後にアメリカの研究機関に留学する道が拓けた。

ついてきてほしい、と奈江はいわれた。アメリカで一緒に暮らそう、と。

嬉しかった。夢のような話だった。だがある日、彼の部屋に泊まって夜中に目を覚ました時、彼が机に向かっているのを見て、自分はついていくべきではないと思った。この人は今、多くの時間を必要としている。研究以外のことで苦労させてはいけない。自分がいれば邪魔になるだけだ。

私は行かない、と答えた。日本で応援しているから、がんばってきて。私はあなたのことを待ったりしないから、向こうでいい人を見つけて——。

彼は辛そうだったが、奈江を翻意させようとはしなかった。頭のいい人だから、彼女の真意を理解していたのだろう。

こうして二人は別れた。悲しかったが、これでよかったんだと自分を納得させようとした。ところが予想外のことが起きた。生理がないのだ。しかも経験したことのない奇妙な吐き気が続く。妊娠したのだ、と気づいた。病院に行かなくてもわかる。

悩んだ。どうすればいいだろう。彼に知らせるわけにはいかない。それこそ研究の邪魔になる。余計なことで心配させてはならない。そもそも連絡先を知らなかった。手紙もくれなくていい、と奈江からいっていたからだ。

堕ろすことは考えられなかった。そうすべきだと頭ではわかるが、どうしても産みたかった。なぜなら、彼の子だからだ。

やがて食堂の女将さんに気づかれた。住み込みで働いているのだから、ごまかすのは難しい。女将さんは帯広の実家に知らせた。すぐに両親が飛んできた。

誰の子だ、どうする気だ、と詰問された。父は、さっさと堕ろしてこい、と怒鳴った。

奈江は何も答えなかった。堕ろせという命令に首を振っただけだ。

女将さんは、私の監督不行き届きでした、と両親に謝った。たぶん彼女は子供の父親が誰なのか気づいていた。しかし黙っていてくれた。奈江の気持ちをわかっていたのだろう。

両親は困惑した結果、条件を出してきた。子供は産んでもいい。ただし養子に出す、というものだった。

それが子供のためだ、といわれた。若い女が一人で育てようとしたって、きちんとした教育を受けさせられない。経済力のある身元のしっかりした家に預けたほうが、本人のためにいいに決まっている。自分のそばに置いて自分の手で育てたいというのは、単なる身勝手だ——。

どれもこれも正論でいい返せなかった。奈江は頷いていた。

やがて子供が生まれた。男の子だった。学という名前は、前々から考えてあった。父親のように賢くなってほしい、という思いを込めた。

そして別れの日がやってきた。湯川夫妻は誠実さが伝わってくる人たちで安心した。だが事前に先方から出されていた要望に、奈江は心を暗くしていた。実子でないことを本人に伝える時期は自分たちで決めるので、それまでは接触を遠慮してほしい、というものだった。かしこまりました、と答えたのは奈江の両親だ。

「少し余計な話もしちゃったわね。この後のことも聞きたい？」

「嫌なら結構です」学がシャンパングラスを手にいった。奈江が昔話をしている間に、ベルボーイがシャンパンのハーフボトルとグラスを届けてくれたのだった。

「別に嫌でもないけど、大して面白くもないわ。しばらく実家にいたけど、結婚して、また上京したの。相手はデザイナー兼イラストレイターで、オリジナル商品を扱う店も持ってた。そこを手伝っているうちに私も絵の描き方を覚えたし、コネクションもできた。おかげで離婚してからも生活には困らなくなった。離婚の原因は夫の酒乱と浮気。ほらね、面白くないでしょ」

「離婚して一人になり、それから？」

奈江は大きく呼吸し、彼の目を見つめた。

この先の展開は彼も知っているはずだ。だが敢えて奈江に語らせようとするのは、今日ここで何らかの決着をつけたいからに違いなかった。

「心細くなって、呆れる行動に出たわ。養子に出した息子を取り戻そうとしたの」吐き出すように奈江はいった。「湯川家を訪ね、返してくださいとお願いした。恥も外聞もあったものじゃないわよね。どうかしていたと思うけど、あの時は無我夢中だった」

「大声で両親たちとやり合っているのが、僕の部屋まで聞こえてきました。返せ返さない、渡せ渡さない、まるで玩具を取り合う子供のようだった」彼が冷笑を浮かべた。「でもまあ、最後は妥当な結論に辿り着いたと思います。僕に選ばせてくれましたからね」

そうなのだった。彼を呼び、どちらかを選べと迫ったのだ。その時点で奈江は望みを捨てていた。いくら実の親といっても、突然現れた見知らぬ女を選ぶわけがない。予想通り彼は、今のままでいい、と答えた。

会うことは許されたので、奈江は暇を見つけては会いに行った。学は拒絶しなかったが、その表情はいつも暗かった。

「あなたが中学二年の時、私がこう訊いたの。やっぱり湯川さんたちが本当の家族だと思うのって。そうしたらあなた、何と答えたか覚えてる？」

「本当のものなんか何もない、人間はみんなひとりぼっち――」学は一言一句違わずに述べた。

「あの頃、よく口にしていました。青臭く、気取った台詞です」

「だけどそれで私は気づいたわ。自分はこの子を傷つけているんだって。もう会わないほうがいいと決心した」

「だから僕の前から消えたんですね」

「そう。自分も新しい人生を探したほうがいいと思った。幸い、それから間もなく、新たなパトーナーとの出会いがあったし」

「松永吾朗さんですね。結婚したという手紙を両親から見せられました。たしか高校一年の時です」

「それでもう吹っ切ったつもりだった。実際、あなたに会おうとしたことは一度もないわ。だけどだめね。さっきもいったように、あなたの名前をたまたまインターネットで見つけて以来、暇があれば検索するようになっちゃった。そうして六年前、あの本を見つけた。『もしもモノポールと出会えたなら』。早速読んでみた。少し難しかったけど、内容はわかった。それで二つのことを思いついたの。ひとつは絵本の題材にしてみようということ。そしてもう一つが、取材を口実にあなたにコンタクトするってこと。こちらの正体は明かさずにね」

「担当編集者の方から連絡を貰った時は、ずいぶん変わったことを考える絵本作家がいるものだなと思いました。でもその正体については考えなかった」

「いつ気づいたの？」

「無論、今度の事件が起きてからです。捜査責任者がたまたま僕の友人で、アサヒ・ナナという絵本作家について尋ねに来ました。それで作家の本名を知ったのです。友人の前で平静を装うのに苦労しました」

そういうことだったか。なぜ学が今度の事件に絡んでくるのか、まるでわからなかった。

「私のことは話さなかったの？」

「警察には任せたくなかったんです。きっと複雑な事情があるのだろうからと思い、自分の手で突き止めようと考えました」そういってから彼は目を細めた。「昔やりとりしたメールを改めて読み直して、腑に落ちました。僕がどんな子供時代を送ったかとか、家族のことをどう思っているかとか、いろいろと尋ねておられましたね」

「ごめんなさい。あなたとコミュニケーションを取れる日が来るなんて夢にも思ってなかったから、浮かれてついいろいろと質問してしまったの。騙すつもりじゃなかった」

「騙されたとは思っていません。僕も今回、松永奈江という女性のことを少し調べました。紙芝居を見せて回っていたそうですね。それで島内園香さんのお母さんである、千鶴子さんと知り合ったとか」

「よく調べたわね。その通りよ。彼女とは不思議にウマが合ったの。ひとりで子供を育てている姿に感心もした。私にはできなかったことだから」

「だからその娘である園香さんのこともかわいがったんですね」

「まあ、そうなんだけど、千鶴子さんの時のようには心を通わせられなかった。ジェネレーションギャップには勝てないわね」

「でも今回、園香さんは助けを求めてきたんでしょう？」

「たまたまそういうことになったのよ。同棲相手が殺されたことに関与していて、何かから逃げたがっているみたいだったから力を貸したの。あの子が犯人のわけがなかったし、事件が解決すれば済むことだろうと思ったから。でも彼女、とうとう私には真実を打ち明けてくれなかった。いずれ話してくれるんじゃないかと期待していたんだけど」奈江は肩を落とし、ため息をついた。

「軽蔑されるのが嫌で話せなかったんでしょう」

「軽蔑？」

「彼女はある人物を騙していたんです。その嘘のせいで事件が起きたと思っています。話が長くなるので、詳しい説明は別の機会にしますが」

「そうだったの……。それにしても、今回最初にメールをくれた時には驚いたわ」

「そうでしょうね」

湯沢のリゾートマンションにいる時だ。知らないアドレスからメールが届いた。そこには次のようにあった。

『松永奈江さま。もし今、ご友人所有のリゾートマンションにいるのなら、すぐに移動してください。そこの存在に警察が気づきました。次の潜伏先はこちらで用意します。東京に向かってください。』

悪戯かと疑ったが、そんなわけがないと思い直した。誰かが危機を知らせてくれたのだ。どこの誰なのか、全く心当たりはなかったが、この指示には従ったほうがいいと判断した。一応、

『あなたは誰ですか』と尋ねるメールを返したが、それに対する回答はなかった。

「最初から名乗ってくれればよかったのに」

「混乱するだろうと思ったのです。あれこれ考えすぎて、行動が遅れてしまったのでは意味がない」

たしかにメールの差出人に学の名があれば混乱していただろう。警察が彼の名前を利用して罠にはめようとしているのでは、と勘繰ったかもしれない。

二度目のメールは、奈江たちが東京に向かっている最中に送られてきた。ホテル名が書いてあり、予約してあるのでチェックインするように、という指示だった。その予約名を見て、はっとした。湯川学、とあったからだ。さらに、『いろいろと聞きたいことがあるでしょうが、今は指示に従ってください。』と添えられていた。

三度目のメールは深夜に届いた。携帯電話番号が記されており、島内園香さんに電話をかけてもらってほしい、とだけあった。

そして四度目のメールは今日送られてきた。島内園香さんと話をしたいので部屋を訪ねていく、その間あなたは別に用意した部屋で待っていてほしい、という内容だった。

「どうして私たちを助けてくれたの？」

「さっきいったでしょ。警察に任せたくなかったんです。でも――」学は首を傾げ、肩をすくめた。「それは口実ですね。本当のところは自分なりに辿ってみたかったのかもしれません。

松永奈江の人生を。彼女が何を思い、どんなふうに生きてきたかを知りたかった」

奈江は顎を引き、上目遣いをした。「それで……何かわかった？」

「ほんの少しですがわかったような気はしています。身寄りのない子供たちに紙芝居を見せていたのも、新座で隣家の息子を我が子のようにかわいがったのも、遠い過去と無関係ではないのでは、と考えています」

「懺悔（ざんげ）、なんてことをいったら大げさよね。我が子を手放したことに対するちょっとした罪滅ぼし。自己満足なんだけど」

ふふ、と薄く笑った。

学も瞳を揺らして口元を緩めた後、その唇を開いた。「僕も懺悔はしています」

奈江は首を傾げて学を見た。「どうして？」

「家を覚えていますか」

「家？」

「僕が両親たちと暮らしていた古い家です」

奈江は頷いた。

「忘れるわけないでしょ。あなたを取り戻そうとして、訪ねていった家だもの」

「あの家は、両親たちが横須賀のマンションに引っ越した数年後に取り壊されました。その知らせを聞いた時、こう思ったんです。今ここにいる自分は、あの家で従順な息子のふりをしていた少年とは別人だ。あそこにいた少年は、あの家でとうに死んでしまっている。だからあの家には、その少年の見えない死体が横たわっているに違いない、と」

「そんな悲しいことを……」

「でも大間違いでした。それから何十年も経ち、様々な人の様々な生き方を見てきた今は、あの時の自分がいかに愚かだったかがよくわかります。人は誰もひとりでは生きられない。今の僕があるのは、多くの人たちのおかげです。育ててくれた両親には心の底から感謝しています。それと同様に、僕を産み、あの両親に委ねてくれた人にも感謝すべきなんです。あの時……どちらかを選べといわれた時、僕はこう答えるべきでした。そんなことはできない、どちらも僕の親だ、と」学が真っ直ぐに奈江を見つめてきた。「会えたなら、お詫びをいおうと思っていました。申し訳ありませんでした、と」

奈江の胸に何かがこみ上げてきた。それを堪えるために唾を呑み込み、学の視線を受け止めた。

「さっき、別の機会、といったわね。事件の詳しい説明は別の機会にって。つまり、また会ってもらえるのかしら」

「もちろんです。だって僕たちは親子じゃないですか」学は微笑み、そして続けた。「そうでしょう、お母さん」

息が止まりそうなほど胸が熱くなった。

「……抱きしめてもいい？」

はい、と彼は頷いた。

まなぶ、と呟き奈江は両手を伸ばした。

20

取調室で待っていたのは、いつものように草薙だった。傍らに座っているのは女性刑事だ。草薙がウツミと呼んだのを聞いたことがある。

「何度も申し訳ないね」秀美が席につくのを見届けてから草薙がいった。

「私は大丈夫です。でもまだ何かお訊きになりたいことがあるんでしょうか」

「あと少しだけだ。確認したいことがあってね」

草薙は傍らのファイルから写真を出してきて、机の上に並べ始めた。五枚ある写真には、いずれも銃が写っていた。それぞれ形が違う。

「今回の犯行で使った銃に似たものが、この中にあるかな」

「ございます。これですね」秀美は迷わず一枚を選んだ。

草薙は頷いた。「当たり。ありがとう。これで物証が増えた」

「私が捨てた拳銃、見つかったんですか」

「見つからないから苦労したんだ。仕方がないから、あなたに銃を預けたっていう男を捜した。残念ながら十年以上も前に死んでた」

「やっぱり。殺されたんですか」

「病死だ。だけど男が持っていたという密造銃に関する情報を摑めて、たぶんこれだろうってことがわかった。ずいぶん大昔にフィリピンで作られたもので、粗悪品も多かったそうだ。暴発しなくてよかったな」

「きちんと手入れしてましたからね」

草薙は写真を脇に寄せ、改めて秀美のほうを向いた。

「それで、供述を変える気はないのかな」

「何のことです」

「動機だ。いや、上辻亮太のDVから島内園香さんを救いたかった、というのはわかった。知りたいのは、なぜそれほど彼女が大事なのかってことだ」

「それについては何度もお話ししましたよ」

「お気に入りのアイドルだったから、か？」

「そうです。おわかりじゃありませんか」

草薙は唸り、腕を組んだ。「どうにも理解しがたいんだけどなあ」

「そんなことといわれても、どうしようもありません。こちらは正直に話してるんですから」

「アイドルのために人殺しか」

「はした金目当てで人を殺す人間なんていくらでもいます。自分にとって何が一番大事なのかは、人によって違うんです」

「それはわかるんだけどさ」

「そんなに疑うなら園香ちゃん本人に確かめたらいいじゃないですか」

すると草薙は何もいわず、鼻の上に皺を寄せた。その表情を見て、園香から話は聞いたのだな、と秀美は確信した。そして電話での指示に従い、彼女は余計なことはいっていないようだ。口裏を合わせてくれたらしい。

あの人物も、と秀美は湯川という学者の顔を思い出した。

彼も秀美が自首さえすれば真相を黙っていてくれるのではないか、という気がしていた。もし秀美と園香の関係を草薙に告げたとしても、秀美は徹底的にとぼけるつもりでいたのだが、どうやら勘は当たっていたようだ。

これでいい、と思った。これですべてが守られる。

夢を見続けていられる。

草薙が女性刑事と何やらひそひそ話を始めた。もう取り調べは打ち切ったほうがいいのではないか、とでもいっているのかもしれない。

秀美は机の端に置かれた写真を見た。一番上にあるのが、先程選んだ写真だ。あの日使った銃とそっくりのものが写っている。

いつからだっただろうか。

すべて嘘ではないか、園香の母親が私の子だというのは間違いではないか、と疑うようになった。それはつい最近のようにも思えるし、ずっと前、いやもしかしたら園香と会った日から、その疑念は頭の隅にあったような気もする。

だがその可能性からは目をそむけてきた。気づかないふりをしてきた。

信じていたかったのだ。自分が捨てた子の娘と過ごしている、と思いたかった。それは夢のような時間で、生き甲斐を感じられた。そしてその夢の時間にふさわしく、園香は素直でいい娘だった。本当の孫娘だと思いたかった。

そんな園香を苦しめる上辻は許せなかった。何としてでも園香を守らねばと思った。

警察に相談する手はある。強引に別れさせることも可能かもしれない。知り合いにはいろいろな人間がいる。頼めば引き受けてくれるだろう。だが別れさせられた後、上辻はどうするか。

秀美が決して知りたくないことを告げてくるのではないか。

それだけは絶対に避けねばならなかった。

だからほかに選択肢はなかったのだ。

もう一度、銃の写真を見た。あの日のことを思い出した。

案内された場所には民家などなく、道は行き止まりですぐ下が崖になっていることに気づき、どういうことですか、と上辻は訊いた。

「何ですか、ここは。園香はどこにいるんです?」

秀美は答えず、提げていたバッグから銃を取り出した。上辻はぎょっとした顔になった。

「何をする気です」

「海のほうを向いて」そういったのは、顔を見ながら撃つのが怖かったからだ。

上辻は回れ右をし、自ら両手を挙げた。

秀美は引き金に指をかけた。だが引く勇気が出なかった。

すると上辻がいった。

「待ってください。俺じゃないです。俺がいいだしたんじゃないです。園香です。あいつです。あいつが婆さんを――」

そこまで聞いたところで引き金を引いた。目をつぶっていた。

おそるおそる目を開けると上辻の姿が消えていた。秀美は前に進み、崖下を覗き込んだ。上辻の身体は岩の縁に倒れていて、上半身が海に浸かっていた。おかげでスマートフォンを回収する手間が省けた。

最後に上辻は何をいいたかったのだろうか。あいつが婆さんを――その後にどう続けるつもりだったのか。

だが秀美は考えないことにした。そうすればこれから先も夢は続く。

エピローグ

長い坂道を上りきったところに斎場はあった。明るい色の新しい建物だ。正面玄関の前でタクシーを降り、ネクタイの緩みを直しながら草薙は入り口に向かった。

ロビーに入ると、すぐ右手に受付があった。喪服姿の男女が並んで立っている。草薙は近づいていって懐から出した香典袋を机に置き、芳名録（ほうめいろく）に住所と名前を記入した。

草薙、と横から声が聞こえた。そちらを見ると湯川が近づいてくるところだった。

「わざわざ来てくれなくてもいいといったはずだが」

「そんなわけにはいかない。内海も来たがったんだが、あいつには遠慮させた。弔電（ちょうでん）が届いているはずだ」

「知っている。さっき確認した」そういって湯川は腕時計を見た。「まだ少し時間がある。待合室に行こう」

受付の横に待合室の入り口があった。中に入ると喪服に身を包んだ十名ほどの男女が、散らばって座っていた。湯川晋一郎が、老人と話しているのが目に留まった。向こうも草薙に気づいたらしく、小さく頭を下げてきた。黙礼して応じた。

隅の席が空いていたので、草薙は湯川と並んで腰を下ろした。

「お母さん、最後はどんな御様子だったんだ」草薙は訊いた。

「意識を失ったのは五日前だ。病院に運ばれたんだが、昏睡状態が続いて、昨日の昼間に息を引き取った。僕はいなかったが、父がそばにいた。静かな最後だったそうだ」

「そうか。御冥福を祈るよ」

「正直、肩の荷が下りた。おそらく父もそうだろう。寂しくはなるが、これからは自分のことだけを考えればいい」

「おまえは自宅に戻るのか」

「当然だ。父と二人で暮らす気はない。それにそろそろ学生たちの顔も見たい。リモートで講義するのにも飽きてきた」

一人の老婦人が入ってくるのを見て、草薙はどきりとした。松永奈江だった。湯川晋一郎のところへ行き、挨拶している。その後彼女は草薙たちのほうを見たが、近づいてこようとはせずにそばの椅子に腰掛けた。

松永奈江から事情聴取した時のことを草薙は振り返った。彼女は島内園香からは事件について何も聞いていないと主張し続けた。ただ身を潜めなければならないというから、手伝ってやっただけだといった。

リゾートマンションから移動するよう指示してきたのは湯川だ、と松永奈江は認めた。ただし湯川のことは、かつて仕事でお世話になった人、と説明した。

「湯川とあなたとの関係については、彼から聞いています」草薙がいうと、彼女は驚いた様子だった。その顔を見て続けた。「大学時代からの友人ですが、今回、初めて教えてもらったんです。驚きました」

「そうですか。あなたが……」松永奈江の草薙を見つめる目に好奇の色が滲んだ。息子の若かりし日のエピソードを聞きたいとでも思ったのかもしれない。

湯川が再び腕時計を見た。「そろそろだな」

「例の事件だが」草薙はいった。「来週から根岸秀美の公判が始まるそうだ」

「そうか」

「結局彼女は供述を変えなかった。しかし俺は、彼女と島内園香との間には特別な関係があったと睨んでいる。そしておまえはそれを知っていたはずだが、とうとう明かさなかった」草薙は湯川の胸元を指差した。「こうしないか。刑が確定したら、隠していたことを教えろ。そのかわり俺は絶対に他言しない。約束する」

「考えておこう」

草薙の内ポケットでスマートフォンが着信を知らせた。内海薫からだった。

「俺だ。どうした?」

「千住新橋の堤防で他殺体が見つかりました。うちにお呼びがかかりそうです」

「わかった」

電話を切り、湯川のほうを見た。だが草薙が口を開く前に、「事件だな」と湯川はいった。

「行ってくれ」

「すまん。線香ぐらいは上げたいんだが」

「気にするな。君は君の戦場を優先すべきだ。僕も研究室という戦場に戻る」湯川が握り拳を突き出してきた。

草薙も右手を固めると、二人の拳をタッチさせた。

本書は書下ろしです。

著者は本書の自炊代行業者によるデジタル化を認めておりません。

東野圭吾（ひがしの・けいご）

一九五八年、大阪府生まれ。
大阪府立大学工学部電気工学科卒業。
八五年、『放課後』で江戸川乱歩賞を受賞しデビュー。
九九年、『秘密』で日本推理作家協会賞、
二〇〇六年、『容疑者xの献身』で直木賞、
一二年、『ナミヤ雑貨店の奇蹟』で中央公論文芸賞、
一三年、『夢幻花』で柴田錬三郎賞、
一四年、『祈りの幕が下りる時』で吉川英治文学賞、
一九年、野間出版文化賞を受賞。
『聖女の救済』『真夏の方程式』『禁断の魔術』
『沈黙のパレード』などのガリレオシリーズのほか、
『マスカレード・ナイト』『魔力の胎動』
『希望の糸』『クスノキの番人』
『ブラック・ショーマンと名もなき町の殺人』
『白鳥とコウモリ』など著書多数。

透明（とうめい）な螺旋（らせん）

二〇二一年九月十日　第一刷発行

著　者　東野圭吾（ひがしのけいご）
発行者　大川繁樹
発行所　株式会社　文藝春秋
〒102-8008　東京都千代田区紀尾井町三―二三
電話　〇三―三二六五―一二一一
印刷所　凸版印刷
製本所　加藤製本
組　版　萩原印刷

万一、落丁・乱丁の場合は送料当方負担でお取替えいたします。小社製作部宛、お送りください。定価はカバーに表示してあります。本書の無断複写は著作権法上での例外を除き禁じられています。また、私的使用以外のいかなる電子的複製行為も、一切認められておりません。

©Keigo Higashino 2021
Printed in Japan

ISBN978-4-16-391424-4